哈佛经典
Harvard Classics

英国古典名家随笔

［美］查尔斯·艾略特（Charles W.Eliot） 主编

刘旭彩 译

中华工商联合出版社

向经典致敬

《哈佛经典》代前言

这里向各位书友推介的是被中国现代新文化运动先驱者的胡适先生称为"奇书"的《哈佛经典》。这是一套集文史哲和宗教、文化于一体的大型丛书，共50册。这次出版，我们选择了其中的《名家（前言）序言》《名家讲座》《英美名家随笔》《文学与哲学名家随笔》《美国历史文献》，这些经典散文堪称是经人类历史大浪淘沙而留存下来的文化真金，每一篇都闪烁着人类理性和智慧的光辉。有人说，先有哈佛后有美国。因为在建校380多年的历史中，哈佛培养出7位美国总统，40多位诺贝尔奖得主，政界、商界、科技、文艺领域的精英不计其数。但有一点，他们都是铭记着"与柏拉图为友、与亚里士多德为友、更与真理为友"的校训成长、成功的。正像《哈佛经典》的主编，该校第二任校长查尔斯·艾略特所言："我选编《哈佛经典》，旨在为认真、执着的读者提供文学养分，他们将可以从中大致了解从古代直至19世纪以来观察、记录、发明以及想象的进程，作为一个20世纪的文化人，他不仅理所当然地要有开明的理念或思维方法，而且还必须拥有一座人类从荒蛮发展为文明进程中所积累起来的、有文字记载的关于发现、经历，以及思索的宝藏。"这些文字是真正的人类思想的富矿，是取之不尽用之不竭的智慧宝藏，具有永恒的文化魅力。

从文献价值上看，它从最古老的宗教典籍到西方和东方历史文献都有着独到的选择，既关注到不同文明的起源，又绵延达三个世纪之久，尤其是对美国现代文明的展示，有着深刻的寓意。

从思想传播上看，《哈佛经典》所关注到的，其地域的广度、历史的纵深、文化的代表性都体现了人类在当时特定历史条件下所能达到的思想巅峰，并用那些伟大的作品揭示出当时人类进步和文明的实际高度。

从艺术修养的价值来看，《哈佛经典》涵盖了历史、哲学、宗教论著和诗歌、传记、戏剧散文等文学样式，甚至随笔和讲演录也是超一流的，它们都是那个时代精品中的精品。

《哈佛经典》第19卷《浮士德》中有这样一句名言，"理论是苍白的，只有生命之树常青"。让我们摒弃说教，快一点地走进《哈佛经典》，尽情地享受大师给我们带来的智慧的快乐，真理的快乐。

目　录

本·琼斯

　　本·琼斯（1573—1635年），英国继莎士比亚之后，伊丽莎白统治时期的著名作家，曾创立"风尚喜剧"。詹姆斯一世在位期间，他居于英国文学界领袖之位，有许多年轻作家以成为"本琼斯之子"为荣。琼斯创作了各种形式的戏剧和大量的抒情诗歌，其中有些诗歌堪称精品佳作。他的一些散文随笔是在他死后才面世的，收录在一本很普通的书中，这本书中还有他阅读时的笔记和译作，以及关于人和书籍见解的独到论述。这本普通的书没有鲜明的结构排法，但处处透着他积极的一面。以下是琼斯关于莎士比亚和培根的论说，也正是对这两位巨匠的评述而使其闻名，因为与同时代知识分子相比，也许琼斯更贴近这些巨匠们。

论莎士比亚

我们的同胞，莎士比亚

印象中戏剧家们都很尊敬莎士比亚，因为无论他创作什么戏剧作品，从不勾勾抹抹进行修改。而我一旦反驳"要是他修改了上千遍呢"，就会被认为是恶毒之言。要不是后人无知，我不会告诉他们这些的，他们专对能挑莎氏缺点的朋友大加赞赏；而坦率地说，我热爱莎氏，把他视为偶像，崇拜至极。他的确是端人正士，生性无拘无束，思想开放，想象丰富，创新大胆，表现力温和。他的才华一发而不可收，有时还得让他收敛一点儿。就像奥古斯都一提到哈特利乌斯就会说"我们本应该压制他"。莎氏能驾驭自己的智慧，当然智慧的法则也一向如此。很多时候，他陷入这种状态，令人忍俊不禁，正像他曾借剧中人凯撒之口讲：一人对凯撒说，"凯撒，你冤枉我"。凯撒说"凯撒从不做错事，只做正义的事业"，以及诸如此类的荒唐事。但是，瑕不掩瑜，他身上的值得赞美之处远远超过应被原谅之处。

论培根

弗朗西斯·培根，维鲁兰男爵

一般情况下，即使一个人非常优秀，也不应被当作唯一的偶像来追随；追随者会步其尊崇者的后尘，但却无法超越；此外，那些简单的模仿，也反映不了实质。然而，与我同时代的作家中，恰巧有一位文笔庄重严肃的崇高论说家，他的语言庄严，近乎苛刻，完全不苟言笑。他的论说，语言精悍，说理有力，鞭辟入里，涵义饱满，从容典雅。即使他的论说不受欢迎也不失自己的风度。他的听众会敛声屏气，只是目不转睛地看着他。他掌控着论说的进度，令他的法官们对他的忠诚既艴然不悦而又令人叹服。他的论说引人入胜，以至于令听者意犹未尽。

有关作家目录——据说西塞罗是罗马人中能与他们帝国媲美的唯一智者。在他们的那个世纪（大约上一个世纪）帝国的天才有很多：托马斯·莫尔爵士、老怀亚特、亨利萨里伯爵、查洛纳、史密斯、爱略特伯爵、加德纳主教。他们为同时代的人所钦佩，更多是因为他们擅于雄辩。伊丽莎白女王时代之初，尼古拉斯·培根爵士是非凡而孤独的。菲利普·西德尼爵士和胡克先生（在不同的问题上）为机智和语言的大师，在他们身上可以看到所有的活力和判断力量在进行交锋。埃塞克斯伯爵的语言，崇高且尊贵；沃尔特·罗利爵士，无论是判断还是风格，不容藐视；亨利·萨维尔爵士，严肃而真正精通文学；埃德温·桑兹，二者兼备；财政大臣埃杰顿勋爵，是一位严肃而伟大的演说家，在他被激怒时尤为明显。运途多舛，博学而有能力的后继者培根，卓尔不群，超凡出众，擅长科学，善于言辞，可以与无礼的希腊或傲慢的罗马时代相媲美。总之，在他看来，所有能驾驭语言或有助研究的天才都在他那个年代。现在世风日下，智者衰老，口齿不灵。因此，培根可谓登峰造极，已经成为我们语言的典范。

有关科学进步——我注意到科学它是任何一个明智爱国者都会去关注的学科，在国家事务中，公民的教育与学识便是重要的关注点。在学校，它们是国家的神学院。没有什么比我们称之为文学进步的共和国的那部分更值得一个政治家研究。培根见证了尤利乌斯·凯撒在内战的白热化时期，撰写了著作——《类比》，并把书献给了塔利。这促使后来被封为圣奥本斯子爵的培根把他的著作命名为《新工具》，当时大部分人对事物认知肤浅，并不理解《新工具》中极力宣扬的一种新的认识方法；而且该著作驳斥了以往经院哲学给人们带来的偏见和错误。贺拉斯称之为"一本能让这位著名作家名垂千史"的著作。

我对一个人的好感从不会因他的地位或荣誉而增加。但却会因他独有的伟大而崇敬他。在我看来，凭他的著作足以使其成为一位名垂千史的伟人，一位最值得钦佩的人。我曾祈求上帝赐予逆境中的培根以力量，虽然他可能不需要伟大。当然，我也不能用语言来给他安慰，因为我知道"幸运最能显露恶德，而厄运最能显露美德"。

亚伯拉罕·考利

亚伯拉罕·考利（1618—1667年），曾就读于威斯敏斯特学校，后来就读于剑桥大学的三一学院。1644年，因拒绝在神圣联盟合约上签字，被大师和学者们驱逐出去。同年，亨丽埃塔·玛丽女王的首席执行官避地巴黎，与王室家族流亡了12年。复辟之后，成为医学博士并为英国皇家学会会员。去世后被安葬在"诗人角"。

在世时考利最受欢迎的作品都收录在爱情诗集《情妇》里，他的《品达颂》也被高度评价。考利是玄学派诗人，但因后来玄学派诗歌备受冷落，他的诗歌已无人问津，诗歌的冷淡巧思风格也再未受到青睐。相反，他的《论说文集》笔调清新自然，最表现他性格中令人愉快的一面。他的英语论说文风格清晰易懂，被誉为最早的散文大师之一，很少有作家在优雅和魅力上超越考利。他的《论农事》就是这方面的一个有趣的例子。他热情讴歌最古老的艺术，"我们可以谈论我们喜欢的事物，谈论百合花，凶猛的狮子，在金色或银色的田野里撒鹰；但是，如果家徽设计者尚有理性的话，那么耕地里的犁应当是最高尚、最古老的武器"。

论农事

很快你会在维吉尔的诗歌中发现，他的第一愿望是成为一位优秀的哲学家，第二是成为一位农夫。他好像比大多数有学问的不信上帝的人更懂得上帝在和他打交道，就像他和所罗门打交道一样。因为他首先祈求智慧，当然也祈求了其他他想要得到的东西。于是上帝让他居于最好的哲学家和最好的农夫之间，也让他成为最好的诗人，来装饰和沟通那两个才能。除了这点，上帝还让他成为一位富人，一位不曾渴望变得富有的人——

"哦，幸运极了，谁会知道他如此好运！"[1]

做个农夫，不过从城市退隐；做个哲学家，就是遁世隐居；或者更确切地说，从凡人的世界退避到上帝的世界。

但是，既然大自然否认大多数人的能力或欲望，而财富也只令极少数人有可能或有机会全部专注于哲学，而我们可以做的就是把人类事务做最好的结合，即乡村生活。

正像科鲁迈拉所说，"毫无疑问这件事是最密切的，并作为与血液相对的智慧"。农业与哲学关系最为相近，或者说，在血缘上，仅次于哲学。瓦罗马库斯·特伦提乌斯·瓦罗说，工作原理如同恩纽斯所说的，与大地、水、空气和太阳等所有自然法则一样。在这个世界上，乡村生活的确能比任何一种职业、技艺或学科让人领悟更多的哲学内容。世上除此之外，西塞罗说，一个农夫的快乐，"对我来说，最简捷的做法，是智者的

---

① 改编自维吉尔的《农事诗》第 2 卷，458 行。

人生"，这都非常接近那些哲学家的观点。再没有其他类型的生活能为撰述赞词的人提供那么多的素材颂词：对个人而言是效用性；对所有人类来说是有用性，或者说必要性、纯真、快乐、古老、尊严。

现在效用（我的意思显然是指它的收益），在我们的国家没有那么大，它来自城市的商品和贸易，王国许多最好的庄园和主要荣誉都源于此。在罗马，农夫可成为执政官和独裁者，但现在没有人会从耕犁的农夫成为贵族。究其原因，我想就像从一个邪恶的习俗演化为强大的法律。也就是说，像其他行业一样，有人愿意把孩子送去培养，但没人愿意去当农业学徒。因为那些很穷苦的人，当他们长大成人，没有钱来从事其他行业，所以只能耕种一些小块地。佃户除了刚好够维生以外，其余的租金都被吞噬：虽然他们是土地的所有者，但他们或者太骄傲，或者因缺乏那样的教育，太无知而不能提高土地的产值，而这种维生之道同任何其他的行业一样，是很容易而且会被肯定的。如果有两三千个年轻人，用七年或八年的时间，坚定地从事这个行业，他们可能了解整套技艺，然后可以精通这个行业。毫无疑问，经过适度的积累，我们应该看到他们的财富并不亚于国家许多议员拿的俸禄，或者城市商人在商品买卖中获的利。致富或者更富裕的方法很多，只要没有闪失，既不找借口，也不抱怨，就不可能贫穷。毫无疑问，一小块土地就能养活一小家人，生活中多余的东西（现在很多情况下指传统意义上的生活必需品）一定因行业和工业的过剩而得以弥补，或者被伟大的哲学家所蔑视。

谈到这种行业的必要性，显而易见的，这种行业无需其他行业而存在，但是其他行业都离不开这种行业。这就像是语言，没有它，人类社会的文明就不能被保存下来。而其他艺术，如语言修辞，只是服务并修饰语言而已。许多国家都存续下来，但是许多国家没有其他行业，只有这种行业仍然能存续下来：我承认虽然不是很体面，但它仍然存续着；而被积极从事的其他一切行业，也正因为需要农业提供的资源而对它有所关注。

接下来我要赞美这种生命的纯真。如果农夫继续从事这个行业，他们不应受到责备，因为凡人都受罪孽的诱惑。他们依靠在土地上勤劳的收获来生活，而其他人依靠计谋从他人那里攫取东西来生活；他们依靠母亲给的地产来生活，而其他人要依靠从同胞那儿骗来的财产来生活；他们像牛羊一样靠大自然的恩赐来生活，而其他人像狐狼一样要通过掠夺攫取来生活。这里没有任何冒犯大多数人之意，我敢断言，牛羊是非常有用的动物，而狐狼也并非有害的生物。

农夫无疑是所有人中最安静的人，是对英联邦政府的干扰最不易情绪激动的人。他们喜欢自己的生活方式，并热爱和平。在我们后来的疯狂而悲惨的内战中，其他所有的行业，即便是最差的行业，也组织了部队，招募了一些伟大的指挥官，他们因自己所做的恶行而名噪一时、趾高气扬。然而，我们没有记住任何一位农夫的名字，他们既要承担自己国家 20 年没落中的大部分债务，又要承受同胞们的诅咒。

如果清白无辜就会享受到巨大的快乐，那么我认为不带农夫到这里是人们的不当行为。在这里他们如此温顺，随叫随到，而不应在法院和城市里寻找他们；在那里他们是如此野蛮，追赶他们又是那么麻烦而危险。

在这里我们置身于广阔而高尚的自然场景中，在那里置身于可怜的政策转变中；在这里我们走在神圣而慷慨的光明之路上，在那里我们摸索在黑暗混乱的人类恶意迷宫中；在这里我们的感官尽情享受清晰事物与真实的味道，而在那里一切都是复杂的。

在这里，在我看来，快乐看上去像一位美丽、忠实、谦逊的妻子；在那里，快乐是一个无礼、薄情、浓妆的妓女。在这里，没有伤害，物产廉价丰富；在那里，只有罪恶，生活奢侈豪华。

在更大的喜悦中，我只想举例说明所有行业中一个最自然和最善良的行业，一个农夫永久的良伴。当你环视他的周围，看到的只是他自己的行业、勤劳的结果和改良而产生的心满意足；总是看到收获的一些果实，同时又能看到另一些在萌芽，在成熟；看到他所有的田野和花园覆盖着自己行业美丽的生物；就像上帝一样，看到他所有的作品都是那么美好：

奥克尼郡这边和那边，

欢乐充满了农夫沉默的胸膛，[①]

一个喜悦的秘密震颤着他的心弦。

他的行业之古老肯定不会再有任何其他行业与之一争高下。人类的三个始祖是园丁、农夫和牧场主。如果有人加以反对，我希望他应该想一下，如果这第二始祖是个杀人犯，一旦他杀人，他便离开了这一行业，成为了建筑工人。我想正是因为这一原因，《便西拉智训》禁止我们憎恨农牧业，他说"因为上帝创造了它"。我们天生就是干这一行的，我们生来就被教导用造就我们身体的泥土去滋养我们的身体，而他们必须归还，并最后为他们的生计而支付。

看吧，所有那些伟大的人中最初的和原始的贵族，他们现在太骄傲了，不仅不耕种，甚至还会践踏。我们可以谈谈在金色或青铜色的田野里我们喜欢的百合花，跃立的狮子，展翅的雄鹰。如果家徽的设计者尚存理性的话，那么耕地里的犁应当是最高尚、最古老的武器。

所有这些因素都使我陷入对科鲁迈拉的怀疑和抱怨，应该如何把它传递给所有的艺术或科学。因为形而上学、物理、道德、数学、逻辑、修辞，等等，孰为艺术孰为科学的争端，不属于我们农夫好奇的范围。我承

---

① 这是对《埃涅阿斯纪》第1卷，第500行和503行的模仿。

认，所有这些都是好而有用的能力，除了形而上学，我不知道它是什么或者什么也不是。但是即使跳马、击剑、舞蹈、装扮、烹饪、雕刻，或者类似虚荣的东西，都应该有公立学校和大师，但我们应该从未看到或听到有人负责教授这门如此愉快、如此体面、如此不可或缺的行业。

对于一个严肃的人，他会觉得许多男女挤在一个房间里跑来跑去，几百个姿势和花样，没有目的，没有设计，只不过是一件徒劳的、非理性的、可笑的事情。因此，舞蹈最先被创造出来，以往只有在异教徒的宗教仪式上表演，其中包括在所有哑剧和疯狂状态下的舞蹈，疯狂状态下的舞蹈是崇拜的最高荣誉，昭告了神的启示。虽然到目前为止，我不敢反对这是良好教养的一部分。然而，只要孩子们能走路，我们绅士中有谁不为了孩子而请一个舞蹈大师？但是，又有哪一位父亲为他的儿子请一位家庭教师，及时教导他要对他将继承的那块土地进行改良呢？至少那是多余的，这是我们的教育方式中的一大缺陷。因此，我希望可以，当然不是在此时更希望看到它，在每个大学都成立个学院，专门研究农业，就像有医学院和法学院一样，不需要像其他学院那样有大量具有一定禀赋的大师和学者。除了牛津大学，因为像他们被称作大师或校长的只有一个人，工作会太多。我们组织四位教授来教这门学问的四部分就足够了：第一，开垦，以及相关的所有事情；其次，畜牧；第三，花园、果园、葡萄园和树林；第四，农村经济的所有部分，其中包括管理蜜蜂、猪、家禽、诱饵、池塘等，还有像瓦罗所说的饲养家畜，以及田野运动（这不仅应该看作是乐趣，也是居家过日子的一部分）和国内的保护，以及利用国外产业所带来的一切。这些教授不应该像教其他的艺术实践一样，只进行这类肤浅和华而不实的讲座，从维吉尔的田园诗，到普林尼，瓦罗或科鲁迈拉；而是在整个方法和研究过程中都指导学生，这整个过程可能要勤奋工作一年或两年。除了适度的饮食、住宿和学习花销，不断接续下来的学者更要保证有足够稳定的收益来维修房子，聘请教授。这些教授不应是炫耀文学批评的人，而要对他们所教的东西有扎实的知识和实践。这样的人应该非常勤奋，热心公益。按我的理解，如果哈特利布先生还活着，应该是那样的人。但是没有必要进一步论及我的这种设计思想，除非目前的年龄性情有可能把它付诸实施。我要进一步谈及的乡村生活应当来自于诗人，他们永远是农业最忠实和亲爱的朋友。诗歌诞生在牧羊人中：

> 缪斯还热爱自己的故乡；
> 那里有着神秘的魅力，什么都不可将其丑化。

事实是，没有比乡村更适合诗人工作了；一个人可能在拥挤的人群中跳舞，也可能在噪音和骚动中创作好的诗句。

> 城市里或许能种玉米，如同写诗一样；
> 我们在费力不讨好的旱田上徒劳地耕作；
> 在异化的土壤中我们徒劳地努力奋斗；
> 这不是一片植物会茁壮成长的土地。

在最糟糕的土壤里生长出来的，自然会是讽刺的刺草和荆棘。有些人靠伟人的赏金吃饭，用他们的恭维求赏。除了他们，几乎所有的诗人都要远离人世的罪恶和虚荣：

> ——并要在人类的罪恶
> 和虚荣面前抬起头

之后过着退隐后逍遥自在的生活，而且对于他们不朽的诗没有过多的赞扬和装饰。赫西奥德是最早出现的数一数二的诗人。可能有人认为荷马先于他，但我宁愿相信他们是同时代的人。他是第一个畜牧行业的作家，科鲁迈拉曾说他对我们的事业贡献不小。我想，他不应只获得小小的荣耀，并不是说他的教诲不重要；他的伟大之处在于他的文笔庄重而简洁。他所说的话最敏锐之处在于他非常关心我们的目的，用神职人员的令人尊敬的晦涩表现出来。

赫西奥德说，"工作与时日，一半却比全部多"。这话源于这样的场合：他的兄弟帕撒斯通过贿赂一些伟大的人，并称呼他们为伟大的受贿者，因为他们从他那得到一半地产。他却说，这没关系，他们对他没有想象的那么多偏见。

> 通过一道由他们的感觉必须控制的强光，
>
> 神没有向不幸的人透露，
>
> 那一半地产超过整个地产。
>
> 不幸的是，他们还隐藏了，
>
> 树根和药草的碱液，最精华的部分。

我认为这是诚实的赫西奥德的本意。我们不能从荷马那期望太多关于我们的事情。他是个盲人，既不在乡村劳作也不享受劳作的乐趣，他那无助的贫穷最有可能在最富有的地方维持，他用好的战争故事和祖先的冒险去取悦希腊人，他的话题使他不能同我们进行交易。但我认为，他做了一个改变显示了他的一点友好。因为他的整个时间消耗在战争和航行中，尽管他让叫作英雄尤利西斯的人（或者叫阿喀琉斯）对我们不加尊重，但是他让他的父亲莱尔提斯做了园丁。儿子不在家，父亲便种植，甚至在给自己的地施粪肥的乐趣中寻求些安慰。你们看，他并没有轻视我们的农民，到目前为止他从不傲慢，他总是帮助养猪的欧迈俄斯，非常尊重神圣的猪群。他可能没为墨涅拉俄斯和阿伽门农做什么。忒奥克里托斯，一个远古时期的诗人，但他是我们当中的一员，他也只写了牧歌。他也称呼农夫为大力士，算是神圣的农夫对身为大力士的赫尔克里士的反应。这些民间的希腊人很理解我们职业的尊严。

在罗马人中，首先我们有真正神圣的维吉尔，他深受保护者米西奈斯和罗马帝国第一代皇帝奥古斯都的青睐。他可能是罗马的一个首领，但他宁可花费许多时间劳作，用他不朽的智慧赞美乡村的生活。尽管他以前写了整本的田园诗，但在他伟大的帝国诗篇中他从未放弃描述伊万德，他最好的一个王子，过着普通农民的家庭生活。他坐在枫树宝座上，睡在熊皮上；母牛和公牛在他的院子里哞哞叫；清晨小鸟在他的窗下叫他起床；当他去国外，只有两条狗像警卫一样跟着他。最后，当他把伊尼斯带到他的皇家别墅，他让其感到这是令人难忘的补足，甚至远比在埃斯库列尔，卢浮宫或我们的白厅伟大：

> 这（我）是房屋主人
> 阿尔西德斯走到这住处：
> 哦，我的朋友，胆敢蔑视财富，这也是值得的，而你，
> 假设，不是神，不要来轻蔑这代理人。

> 这个不起眼的屋顶，这个质朴的法院，（他说）
> 迎接阿尔希德斯，戴着胜利的皇冠：
> 伟大的客人，没有轻蔑，他踏出的脚步；
> 而是效仿上帝，蔑视财富。

下一位人物的学说和事迹，我们将感激不尽，他就是世界上仅次于最伟大的诗人维吉尔，其亲爱的朋友贺拉斯。当奥古斯都希望米西奈斯劝他来家里同住，与他同席，并成为整个王国仅次于他的国务大臣，或者说与他联合，他说，"他可以帮助我们写信"。对于如此丰富、如此辉煌的麻烦，他不会抛弃他的萨宾或者提波听领地。我想，世界上再没有这样的一个例子，他应该有这样的节制和勇气拒绝这么伟大的报价，而大帝非常慷慨和善良的本性也不会因他拒绝而生气，仍保持同样的仁慈。在他现存的一部分最友好和不拘礼节的信件中，可以看到经常向他表达此意。如果让我谈论这位优秀作家有关这一主题的所有篇章，我得先翻译他一半的作品，我也会比他更真实地提到荷马。

比起克律西波斯和克朗托，他更清楚地更好地表达，

什么是美丽，什么是卑鄙，什么有用，什么是无用。

但我也愿意对于这个特殊的主题说明三点：一是他的颂歌，二是他的讽刺作品，三是书信。我应避免获得所有其他诗人的支持，在他们所有的作品中，特别是在军事上都可见一斑。但我得为自己找个借口，以前很多大师都画过此人的美，我也要用不成熟的文笔来完成这一大胆事业。尤其是，我要敢于用拉丁语做诗句（考虑到另一种），并有信心把它们翻译好。我只能说，我很喜欢这件事，并应该掩饰许多缺点，而且我不会跟之前的那些人争辩，而是跟着他们鼓掌。

理查德·斯梯尔爵士

　　理查德·斯梯尔爵士（1672—1729 年），爱迪生《闲谈者》和《旁观者》的主要合作者。出生于都柏林，父亲是英国人，母亲是爱尔兰人。与爱迪生在学校结识，并同时进入牛津大学。斯梯尔中途辍学从戎，开始了笔墨生涯，期间撰写了《基督教徒的英雄》。1702 年开始写舞台剧。复辟时期的戏剧颜面尽失，他为恢复戏剧繁荣起了非常积极的作用。像爱迪生一样，他把政治与文学结合起来，并在 1715 年因为汉诺威党效力而受到奖励，被封为爵士。

　　让《旁观者》引以为豪的当属俱乐部，正是在接下来的随笔当中，斯梯尔首次勾勒出许多人物形象。爱迪生塑造了"旁观者"，还以斯梯尔为原形塑造了罗杰爵士。爱迪生和斯梯尔对于《旁观者》的成功各抒己见，但对斯梯尔而言，这荣誉应归功于《闲谈者》及源期刊论文。

　　斯梯尔热心、冲动、多愁善感、没有远见，偶尔意志薄弱的性格在其作品中可见一斑。其作品的优雅和完美都逊于爱迪生，却因更具即兴性和虚构性而见长。也许还没有一部篇幅相近的作品像下文的《旁观者俱乐部》那样为我们的文学画廊增加这么多形象鲜明、富有个性的人物画像。

旁观者俱乐部

但其他六人

还有许多人向旁边喊道。

——尤维纳利斯，《讽刺诗》，第 7 卷，第 166 行

至少有六个人表示他们赞同。

我们团体中的首要人物①，是伍斯特郡的一位绅士，名叫罗杰·德·科弗利爵士，他出身名门，世袭男爵之位。他的曾祖父是一位乡间舞蹈的创作者，舞蹈便以他的名字命名，闻名于世。但凡熟悉那个郡的人，都非常了解罗杰爵士的人品和才华。他是一位举止离奇怪诞的绅士，但他的怪诞多是出于好意；只有他认为世风不正时，他才会用自己的怪诞行为来表现出对世俗的抵触。不过，他古怪的性格并没有使他树敌，因为尽管他乖戾固执，却不会做出格的事情；而他那超逸绝尘的行为，却使他更容易也更善于赢得所有相识者的喜欢，并加惠于他们。他住在伦敦城里的索霍广场。据说，他在追求邻郡一位乖张貌美的寡妇时，感情上受到了挫折，所以至今孤身一人。在这令人不悦的事情发生之前，罗杰爵士是位风度翩翩的绅士。他经常与罗彻斯特伯爵和乔治·埃思卫奇爵士同餐共饮。初来伦敦时，还跟人家决斗过，因为恶棍道森轻蔑地叫他"小子"，他就在咖啡馆里将其一顿拳打脚踢。但是，自从他遭到那位寡妇的无礼拒绝后，惆怅迷惘了一年半之久。因为他生性乐观，最后精神振作起来。但他此后变得不着边幅，不再打扮。他还继续穿着遭到寡妇拒绝的那个年代的同款的外衣和紧身上衣——那个时代非常时髦的装扮。当心情愉快时，他会告诉我

---

① 1711 年 3 月 1 日发表于《旁观者》。

们，自他第一次穿上那种衣服以来，时而流行，时而过时，已经反反复复了十二次之多。据说，自从罗杰爵士忘掉那冷酷美人之后，变得清心寡欲。以致众人多半说，他经常惹恼乞丐和吉普赛人。这让他的朋友们感到鄙夷和不屑，甚至拿他开玩笑。

他今年56岁，活泼开朗，热情友好。无论在城里还是乡村，他总是待客周到，心肠慈善，他的举止总是让人感觉充满快乐，与其说人们尊敬他，不如说人们是爱戴他。他的佃户们生活富足了，他的仆人们心满意足了，所有的年轻女人都向他表达爱意，年轻男人乐于与他为伴。他去朋友家做客的时候，总是亲切地称呼仆人们的名字，与他们一路谈笑风生上楼见主人。有一处不可遗漏，罗杰爵士是他那个郡里必须出庭的治安官之一。在每季开审的法庭上他都表现得才思敏捷。三个月之前，他向人们解释《狩猎法》中的一段，赢得了人们的赞誉。

我们中下一位值得尊敬又有权威的绅士，是个单身汉，内殿法学协会的成员，一个刚直不阿、才华横溢、知识渊博的人。但他选择在那里攻读法学，并不是出于自愿，而是遵从了他那脾气古怪的父亲的意愿。他在那儿刻苦钻研国家的各种法律，又是所有读者中最熟悉戏剧舞台的。对于亚里士多德和朗吉驽斯的著作，他比利特尔顿和科克理解得更为深刻。

每次送来的邮件中，都会有他父亲寄来的关于邻里乡亲提出的法律问题，多是婚帖、租约、合同之类的，他会摆出律师的姿态，一次全部对这些问题给予解答和处理。他本应该研究人与人之间因激情而辩论的时候，他却研究起激情本身来了。他对德莫斯梯尼和西塞罗的每一个演说的论点都谙熟于心，但对于我们法庭的案例却一概不知。虽然人们没把他当成傻瓜，但如果不是与他很亲近，则发现不了他的才华。这种特性使他既清微淡远，又和蔼可亲。他的思想大多适用于高谈阔论，因为它们很少出于庶务。从他所处的时代来说，对书籍的热忱显得有些过于认真了；可以说他是无书不谈，但令他满意的又寥寥无几。他通晓古人的风俗、礼貌、行为，以及他们的著作，这使他对自己身上发生的一切事情都能有准确敏感的认知。他是一位优秀的批评家，戏剧开演的时间就是他要正经开始工作的时候。五点刚到，他就穿过新客栈，越过罗素院，到威尔咖啡馆小坐一会，等待戏剧开场。人们走进罗斯酒馆畅饮时，他却经常走进理发店擦皮鞋，往假发上洒粉。他到戏院看戏，演员们都会热情地想取悦于他，观众也感到很幸运。

还有一位有名望的爵士，叫做安德鲁·弗利波特，是伦敦赫赫有名的富商。他坚持不懈，孜孜不倦，颇有主见，经验丰富。他经商理念崇高而又慷慨，正如每个富人都有着某种微妙的戏谑手法——倘若他不是富人的话，他的戏谑就不会记忆深刻。他把海洋称为不列颠的公地。他对商业的了解非常清楚透彻。他会对你说，用武力扩张领土愚蠢而残暴，因为真正的权力是应该通过技术和勤奋得到的。他常常争辩道，如果我们这个行业经营合理，我们就可以从一个国家获利；要是另一个行业经营合理，就可以从另一个国家获利。我曾听过他的论证，靠勤奋建立的事业，远比用武力建立的更持久，好逸恶劳比穷兵黩武更能给国家和人民带来毁灭。他喜欢几条有关节俭的格言，其中最喜欢的一条是"省一文等于挣一文"。

与一个见闻丰富的普通商人相处，要比与一个没有专长的学者相处愉快得多。安德鲁爵士善于表达，不矫揉造作，思路清晰，与一般人比起来更机智幽默，因此常能给人带来乐趣。他的财富都是自己辛勤工作的结果，因此他说，英格兰完全可以通过他那种吃苦耐劳、简单明了的方法，就能过得比其他人富裕。同时我可以这样说，从罗盘所指的各个方向驶往英国的船只上，肯定会载有一部分他的货物。

在俱乐部里，紧挨着安德鲁爵士坐着森特理上尉。他富有勇气和智慧，却比任何人都谦逊。他值得别人尊敬，却不善于在那些本该了解他的人面前表现自己。几年前，他身为上尉，数次冲锋陷阵、围攻守城，表现神勇，立下赫赫战功。但是，他这样只会一味打仗而不懂阿谀奉承的人，很难得到与自身能力相称的职位。后来因为他有自己的一小份产业，又是罗杰爵士之后的继承人，所以他离开了战场，结束了军旅生活。我经常可以听到他的慨叹：在那样一个看重功劳的职业里，谦恭自律者还是无法战胜厚颜无耻者。但他谈论此事时，并没有表现出愤慨，只是坦诚地面对和承认，他之所以放弃军人生涯，主要还是自身的原因。他那种待人诚恳、规矩至上的态度，变成了他能够排挤他人、赢得上司青睐的阻碍。不过，尽管他受到了将军们不明事理、奖惩不清的待遇，在谈论时他还是表现出了对他们的谅解。因为他说："那些想要提拔我的人，需要越过重重阻碍才能施恩于我，其艰难程度不亚于我求偿于他。"因此，他得出这样的结论，如果想扬名立万，通过立下战功出人头地，就不要过于谦虚，要适当地肯定自己，并排除那些觊觎者的干扰。他还说，要维护自己应该享有的权利，不要唯唯诺诺，那是市井小人的胆怯，就像在该冲锋陷阵的时候却犹豫不前便是临阵逃脱一样。这位绅士在谈论自己和谈论别人时都保持着这样一种坦诚并贯穿始终。曾经的军旅生涯给他留下了许多惊险的经历，在回忆那些经历的时候，他表现得十分平易近人。虽然他也曾习惯于对部下发号施令，但从不盛气凌人；虽然他也曾习惯于对上司的命令言听计从，但他从不趋炎附势。

我们这个团体好像都不是富有幽默感的人[①]，不解风流韵事，不懂及时行乐。现在，我要介绍一位我们中间风流倜傥的人物——威尔·霍尼克姆。从他的年纪来看，这位绅士已经是垂暮之年的老者，但他一直注重修身养性，而且日子过得称心如意，所以身上并未有太多时光留下的烙印，

---

① 异想天开的人物。

额头的皱纹并不明显，头脑也十分清醒。他个子适中，身材匀称，面貌端正，看起来十分体面。对于如何用言辞来取悦女人，他深谙于心，应对自如。他对穿着一向讲究，对穿衣风格了如指掌，就像他了解女人一样。与别人交谈时，他面露笑容，有时会从容地笑出声来。他对风尚时局十分熟悉，可以讲得头头是道：我们的妻子和女儿们盘卷这样的发式，佩戴那样的帽子，是来自于法国国王的哪一位情妇；还可以告诉你，谁用哪一种衬裙掩盖了自己的缺点，谁为了显露自己的脚部而使那年的裙长缩短。总之，他谈论的话题和关心的事情都是女性世界的。如果他那样年纪的人向你询问某位牧师在某一场合讲了些什么，他会告诉说，当蒙莫斯恩公爵在宫廷里跳舞的时候，把某位女士迷得神魂颠倒，而又有哪位女士在海德公园看到他带兵经过的时候，也一见钟情。在讲这些重要的人物关系时，他也会得到含情脉脉的眼神，或是某位美人，即某某勋爵的母亲用扇子轻轻击打他一下。如果你谈到一个年轻的下议院议员在下议院里说了一件令人提神的话题，他就开始说："他的血管里流淌着优质的血液，汤姆·米勒尔生的他；那个流氓在那事上骗了我；那个小伙子的母亲像狗一样使用我，甚于我追求的任何女人。"他的这种谈话方式让性格较为严肃的我们气氛活跃起来。而且我发现，这伙人都说他是有良好教养的翩翩君子，只有我缄默不语。总结一下他的性格，如果他不关注女人那些事情的话，他确实是一个诚实高尚的人。

下面要谈到的这位先生，我不确定是否该把他算作我们这个团体中的一员，因为他难得来到我们中间。但他每次到来，都会给我们带来不少快乐。他是一位知识渊博、品德高尚、豁达开朗又富有教养的教士，不幸的是他的身体十分虚弱，甚至难以承担更高的职位带给他的重任。因为这样，他在教士中的地位有些像律师中的私人顾问。他心地善良、正直宽厚、有不少追随者，正像夸夸其谈、哗众取宠会影响许多人一样。他很少主动谈及他的演讲题目，但是我们交往已久，在一起的时候他会体察到我们对他就某个神学问题发表见解的热切想法。每一个问题他都会引经据典、滔滔不绝地发表高见，仿佛他已经是一个看破红尘，一个迫切希望所有祝愿都实现的人，一个年老多病、希望早日能够去见上帝的人。这些就是我平凡的伙伴们。

塞缪尔·约翰逊

塞缪尔·约翰逊（1709—1784 年），英国 18 世纪中叶以后的文坛领袖，利奇菲尔德小书铺业主之子。因贫困没有拿到学位后离开了牛津，回家乡开私塾教书，但并不成功。1737 年，他去伦敦靠写作谋生。经过多年的努力，他终于成为文坛领袖，国王乔治三世给了他每年 300 镑的津贴，这使得他后来的生活无忧无虑。约翰逊尝试各种文学形式。他的诗歌作品主要为《伦敦》（对朱维纳尔的模仿之作）与《人生希望多空幻》（一个庄严的和令人印象深刻的说教诗）。1744 年，他创作了悲剧《艾琳》，但未成功。1755 年的《英语大辞典》开创了英文词典学的新阶段。1750 年到 1752 年，他发表了《漫步者》，几乎完全是写有关自己的事情。这个期刊被看作是《旁观者》最成功的模仿，但现代读者认为其很庄重。在 1758 年到 1760 年之间他出版了一个类似的刊物《懒人》。1759 年，约翰逊的母亲去世时，为了支付她的治疗费和葬礼费用，他一周内写了他的说教式传奇《拉塞拉斯》，这是在那个时期他最受欢迎的作品，并被翻译成多国语言。1765 年，约翰逊主编了八卷《莎士比亚集》，这是一项在许多方面都难以完成的任务，但在模糊的段落解释上，显示了约翰逊强大的常识和清晰有力的表达能力。

人们普遍认为，约翰逊的作品没有一部能比得上最伟大的英国传记报道——博斯韦尔的《约翰逊的一生》，但为数位英国诗人诗集的序言而做的《诗人传》，是他最永久的宝贵的作品，虽然受当时的标准限制，但充满了令人钦佩的尖锐批评。《爱迪生的一生》是《传记》中最富有同情心的一部，表现了约翰逊的创作内容、创作风格和创作想法。

爱迪生的一生

约瑟夫·爱迪生（1672—1719年），1672年5月1日出生在米尔斯顿，并在同一天洗礼受名，他的父亲——兰斯洛特·爱迪生，当时在威尔特郡的阿姆博罗斯伯里当牧师，身体似乎很弱，很早便去世了。根据其父的遗愿，在理当接受虔诚的宗教家庭教育后，爱迪生先后在阿姆博罗斯伯里纳什先生和索尔兹伯里的泰勒先生的门下读书。

不给文学史上杰出的流派和大师命名是一种历史上的欺诈行为，否则爱迪生诚实的名声会被损害性地削弱：因此我会追溯他的教育全过程。1683年在爱迪生刚刚12岁时，他的父亲成为利奇菲尔德的教长，举家搬进新府。我想，家里人可能把他安置在肖先生那里不长一段时间，肖先生（已故彼得·肖博士的父亲）后来成为立斯菲尔德学校的校长。有关这段时期的事情，他的许多传记里没有记载，我所知道的仅仅来自我儿时看到什罗普郡的安得烈·科比特写的《禁止外出》中的一个故事，他也是从他叔叔皮戈特先生那儿听来的。

《禁止外出》的实际情况是一种野蛮许可，在上世纪末的许多学校都执行：当定期的假期临近，向往自由的男孩子变得越来越暴躁。有些男孩在定期休假前几天，就占领学校，他们挡住了门，从窗户处表达他们对校长的蔑视。很难想象，在这种场合，校长会笑对孩子们的行为。然而，传统上可以接受的行为是，校长经常会拼命挣扎，动用武力，或者惊动驻军。当皮戈特还是个学生时，立斯菲尔德学校的校长就被禁止外出。正如他所说，整个过程都是由爱迪生策划和执行的。

要判断这个故事的真伪，我曾问过爱迪生被送到夏特鲁斯的时间，但是，因为他不是那种享受创始人恩惠的人，所以没有他入学的相关记载。在他从索尔兹伯里，或者立斯菲尔德转到夏特鲁斯学校后，在埃利斯博士的门下从事青少年研究，与理查·斯梯尔爵士关系密切，就此他们的合作被有效地记录下来。

这一令人难忘的友谊应归功于斯梯尔。爱上那些无所畏惧的人很容易，而爱迪生也没有把斯梯尔当作竞争对手。但是斯梯尔自己也承认，他生活在一个习惯服从天才爱迪生主宰的世界里，一提到这些，他总是充满崇敬，心生谄媚。

自重的爱迪生不可能总是对此无动于衷，他对他的崇拜者有一点反应；但他的反驳不存在危险，他的笑话既不据理反抗也不招致怨恨。

但幽默嘲讽并不是最糟糕的。斯梯尔因轻率的慷慨，以及虚荣的挥霍，在一些紧要关头总会生活拮据；在拮据的时候，他向朋友借一百英镑，可他根本没打算还钱；而爱迪生似乎对这一百英镑另有安排，对其延期不还心生不悦，并通过强制执行要求还借款。斯梯尔深感其债权人的顽固，但只是情绪悲伤而不是怒形于色。

1687 年爱迪生进入了牛津大学的女王学院。1689 年，在那里，偶然研读一些拉丁诗句使他获得了兰开斯特博士的赞助，后来成为女王学院院长，并由女王学院推荐当选为莫德林学院的一位德米——拿津贴的学生。德米是由团体提名的那些在别处也被称作奖学金的获得者，为享受创始人捐助的年轻人，按顺序填补空缺奖学金名额。

在这里，爱迪生继续从事诗歌和文学批评创作，并且因他的拉丁文习作而第一次成为杰出人物，并被授予特别赞誉。但他没有把自己局限于对任何古代作者的模仿；相反，他勤奋好学，熟读不同时期的作品，博采众长，自成一体。

他的拉丁语作品似乎富含他的喜好，因为他汇编了《英国的缪斯》第二卷，因行事方便，这里插入了他所有的拉丁语作品，并把有关和平的诗歌放在首位。后来他将该集本赠予布瓦洛。正如蒂克尔所说，自此成为英国诗歌天才的观点。没有谁能比布瓦洛对现代拉丁语的不屑一顾，所以，布瓦洛对爱迪生的尊敬也许是出于礼貌而非赞许。

他的三首拉丁语诗歌也许是他不敢贸然用自己的语言所创作的主题：矮人和鹤的战斗，气压计，一只绿色保龄球。当主题无关紧要又微乎其微时，一种死语言不为人所熟悉，提供了极大的便利。由于罗马音节铿锵壮丽，作家隐匿了读者和自己的思想的贫乏和创新的不足。

22 岁的爱迪生第一次通过一些细节把他在英语诗歌方面的能力展示给德莱顿，后来发表了有关蜜蜂的《第四农事诗》的一大部分译文。此后德莱顿曾评论道："我以后的蜂群不能再进入蜂房了。"

与此同时，他给德莱顿的《维吉尔》附上了内容提要，还为《农事诗》写了短评，称其幼稚肤浅，不能拨云睹日，更缺学者的学识和评论家的洞察力。

他的下一首诗包含了重要英语诗人的特点，是献给亨利·萨谢弗雷尔的——那时，如果说他不是个诗人，也是一位写诗的作家。因为这都体现在他刊登在《杂集》中维吉尔的《农事诗》的一小部分译本，以及《英国的缪斯》中有关玛丽女王的拉丁颂词上。这些诗表现了对友谊的赞美，但在某些方面，因派系恶毒，友谊随之弱化了。

这首诗是对斯宾塞富有自信和判别力性格的描述，爱迪生从未读过斯宾塞的作品，对他的批评判断的影响是很小的。有必要告知读者，爱迪生由康格里夫引荐给当时的财政大臣蒙塔古。爱迪生当时正在学做朝臣，并增补蒙塔古为继考利和德莱顿之后的诗人。

受蒙塔古先生的影响，在蒂克尔看来，因为与其自然谦虚相一致，爱迪生偏离了他最初要担任圣职的设想。蒙塔古称那些没有自由教育而从事公务的人为腐败之人，并宣称，尽管他代表着教会的敌人，但他从未因为制止爱迪生信教而对教会进行诋毁。

1695 年后不久，爱迪生为威廉国王献诗一首，用押韵的形式介绍了萨默斯勋爵。威廉国王没有文学雅兴，只研究战争，但是大臣们的性情与国王不同，经大臣们不经意间地推荐，爱迪生获得了诗歌方面的慷慨资助，并深受萨默斯和蒙塔古的垂爱。

1697 年，爱迪生的有关里斯维克和平的拉丁语诗作问世，以此献给蒙塔古，后来被史密斯称作是"自《埃涅伊德》以来最好的拉丁语诗歌"。无须太严格地考查赞美之词，但其文体富有活力而优雅简洁是不容置疑的。

1699 年没有公职的爱迪生获得每年 300 英镑的生活津贴，可供他旅行使用。可能是为了学习法语，他在布卢瓦待了一年，然后又继续在意大利旅行，他用诗人的眼光审视了意大利。

当爱迪生悠闲地旅行时，他并不是百无聊赖。因为他不仅收集了他所旅行国家的观察资料，还抽空写了《关于勋章的对话》和四幕悲剧《卡托》。至少是因蒂克尔的关系，他也许只是为收集材料，最终制订了计划。

不管他在意大利从事了什么活动，在那里，他写了《致哈利法克斯勋爵的一封信》，并被视为最庄严雅致的一封信。但是大约两年后，他匆忙回国。正像斯威夫特所说，因为他不再享受生活津贴，开始饱受贫困之苦，被迫成为一个云游乡绅的家庭教师。

在他的返途中，爱迪生出版了他的《游记》，送给了萨默斯勋爵。尽管他在外国游历时间很短，但他的言论都附以快速的评论，主要包括对该国的现状和罗马诗人所描述的进行比较。这些他都做了有准备的收集。要是知道，之前有个意大利作家已经进行了两次这样的收集，那么他就可以免去很多麻烦。

爱迪生书里最有趣的篇幅，就是他对圣马力诺共和国许多地区的描述。书中许多部分可能是在家里写成的，这不足以指责。然而，他语言的典雅，散文和诗句的风格迥异均获益于读者。曾一度被忽视的书，在当时却很受公众的喜爱，以至于在再版之前，书价已经上升到五倍。

1702 年，已经沦落到困境的爱迪生卑贱地回到了英国，他发现其赞助人已被逐出了权力舞台。因此这段时间，他可以完全休闲下来修心养性，所修养的心性足以令人相信他没有虚度光阴。

但他并没有被长期忽视或被认为无用之才。1704 年，布莱汉姆的一场大胜仗使全国充满胜利的喜悦和信心。戈尔多芬勋爵向哈利法克斯勋爵诉苦：缺少一个与这个主题相关的庆祝方式，希望他能推荐一位大诗人来做这项工作。哈利法克斯说他无意鼓励天才，也不会用公共资金白白养肥一个不成器的人，更无意找到或者雇佣那些只表面上尊重国家的人。对此，戈尔多芬这样答复，应及时纠正这样的辱骂，如果能找到胜任此项任务的人，定会重金礼聘。于是哈利法克斯提名爱迪生，但是要求给他一个司库的职位。戈尔多芬通过波义耳先生发出邀请，后来由卡尔顿勋爵邀请。爱迪生承担了这项工作，当上了司库，类似于天使的角色，但是马上获得接替洛克先生成为上诉委员的奖赏。

第二年，爱迪生与哈利法克斯勋爵在汉诺威度过，再过一年，他先成为查尔斯爵士的副国务秘书，并在几个月后又为桑德兰伯爵效劳。

大约在这段时间里，意大利歌剧的流行趋势使爱迪生有意尝试用我们自己的语言创作音乐戏剧的效果。因此他创作了歌剧《罗莎蒙德》。该剧在舞台上演出，要么被唏嘘，要么被忽视，但是他相信，读者会更加公正地对待他，于是他出版了该剧本，并题词送给马尔伯勒公爵夫人——一位在诗歌或文学上没有才能却又自命不凡的女人。因此，他的奉献精神是奴性的荒谬的实例，仅次于约书亚·巴尼斯把希腊的阿那克里翁献给公爵。

他的名声也因《温柔的丈夫》在某种程度上有所提升，这是一部斯梯尔奉献给他的戏剧，应该承认，许多场次的成功演出要归功于斯梯尔。后来爱迪生补充了这部剧的序言。

当沃顿侯爵被任命为爱尔兰总督时，爱迪生给他做秘书，并被任命为伯明翰塔的记录员，每年300英镑的薪水。这个职务只不过是名义上的，工资也因膳宿而增加。

因为兴趣和派系斗争，爱迪生不容许他有自己特殊的性情或者发表个人见解。沃顿和爱迪生两人性格相左，很难再走到一起。沃顿对宗教不虔诚，挥霍无度，厚颜无耻，不考虑行为的正确与错误。而正像爱迪生所说的，他恰恰与之相反，但作为党派的代理人，他们又联合起来，至于他们如何调整自己的一些情绪便不得而知。

然而，千万不能太过于谴责爱迪生。没有必要拒绝一个坏男人的津贴，因为这种接受并不意味着认同他的罪行，下属官员也没有义务审查他的所作所为，只要他没有沦为邪恶的工具。可以合理假设爱迪生尽其所能抵消罪行和中尉的破坏性影响，至少因为他的干预，中尉还做了一些善事，避免了一些恶事发生。

当爱迪生就职时，他为自己定了一个准则，如斯威夫特所记录的，那就是从不因出于礼貌而给他的朋友经常汇款。

他说："因为我可能有一百个朋友，如果我付给每人两个金币，我因让出权利而失去两百个金币，而我也不会得到两个以上的朋友。因此，善意的给予与邪恶的承受是不成比例的。"

爱迪生在爱尔兰的时候，斯梯尔没有与他沟通自己的设计，就开始出版《闲谈者》，但这事很快被暴露，因为爱迪生给他撰写了有关维吉尔的评论，暴露了自己的身份。任何人写文学或普通的生活都不是件容易的事，因为不能与自己熟悉的那些人亲切地交谈，与熟悉他的研究、他喜欢的话题、他特有的概念，以及他的习惯用语的人相识。

如果斯梯尔秘密写点什么，那么他很不幸运，一个月就会被发现。他的第一份《闲谈者》是在 1709 年 4 月 22 日出版的，爱迪生的撰稿是在 5 月 26 日发表的。蒂克尔认为，未经爱迪生的同意，《闲谈者》就创办了。这无疑是真实的，但是他的工作并没有因为他在毕业典礼上的不自觉而受到影响，也没有因为他的缺席而受到影响。因为他继续帮助直到 12 月 23 日。报纸在 1 月 2 日停办，爱迪生没有因任何签名而使他的作品出名。直到报纸被收集成卷，我才知道他的名字被保密的。

大约两个月后，继《闲谈者》之后，又出版了《旁观者》，里面刊登了一系列类似的随笔，文笔稳重，更有计划性，每日出版。这样可以向作家们证明自己材料的丰富和创作的才能，他们的成绩也表明了他们的信心。然而在发行过程中，他们发现需要许多辅助工作。创办一份报纸是可怕的劳动：要主动送出许多报纸，也要收到许多报纸。

爱迪生热衷于党派，但斯梯尔当时几乎没有别的爱好。《旁观者》在早期的期刊中，表现出其作者的政治原则，但不久做出决定，只讨论如文学、道德和熟悉的生活等一般性的话题以寻求大众的认可，并没有对派系间斗争产生多样性的情感。他们坚持这种做法，很少有偏差。一次，斯梯尔的热情爆发，歌颂马尔伯勒，当时弗利特伍德博士在序言前加上一些说教，充满了辉格党的观点，女王可能读到了这些观点，于是在《旁观者》中重印了此文章。

教授更细致的礼仪，低级的职责，规范日常会话，纠正那些比犯罪更荒谬的堕落，排除那些不满。因为如果它们产生不了持久的效果，会随时留下烦恼，这都是卡萨在他的《礼节》和卡斯蒂廖内伯爵的《朝臣》中第一次尝试的。然而，这是两本在意大利颂扬纯洁和优雅的书，现在很少有人阅读了。之所以被忽视，只是因为它们引起了作者们希望的改革，而现在又不再需要。几乎所有欧洲国家都急于获得该报的译文，可以充分证明《旁观者》对其所创作时代的用处。

这种知识被法国人继续下去，也许会被改进。拉布吕耶尔的《时代的规范》当然因描写生动，观察公正而值得大加称赞，尽管像布瓦洛所说，写作没有关联性。

在《闲谈者》和《旁观者》之前，如果指望剧作家的话，英国缺少平凡生活的大师。没有任何作家曾改革被忽视的野蛮或者文明的无礼；或指示何时说话，或是何时沉默；如何拒绝或如何遵守。我们有很多书教导我们更重要的职责，并解决哲学或政治观点；但礼仪评判官还希望，有人应调查日常会话的音轨，使它不再长满荆棘和毛刺，它们戏弄过路人，虽然它们不伤害他。

出于此目的，没有什么比短文的经常出版更适当了，我们阅读短文不是学习而是娱乐。如果话题微小，论述同样也很短。忙者可以有时间阅读，闲者也会耐心读下去。

这种表达廉价和简单知识的方式开始于内战，当时提高和固定人们的偏见是任何一方的利益。那时出现了《宫廷新闻周刊》《乡村新闻周刊》《公民社会周刊》。据说，一旦有题目受欢迎，就会被对手偷走，如果他不接受他朋友的观点，他就是用这种伎俩向不接受他的人表达他的观点。那些悲伤的日子里动乱局势几乎没给任何人留下闲暇时间去珍藏偶尔写出的作品，那么多的作品都被忽视了，以至于一个完整的集子都找不到。

　　《水星》由莱斯特兰奇的《观察家》所替代，《观察家》被莱斯莉的《彩排》所替代，也许是别人的作品来延续；但迄今用这种方便的方式，也没传达什么给人们，只有与教会或国家有关的争议；教会了许多人讨论，却不能教这些人来判断。

　　有人建议，在复辟后不久就创立英国皇家学会，把公众的注意力从不满情绪中转移出来。《闲谈者》和《旁观者》有这种相同的趋势，它们发行时，两大党派正大声地、不安地、暴力地发表各自认为合理的声明，也许他们都没有任何鲜明的观点鼓动民众。对于那些政治竞争激烈的思想，两家提供了更加冷静更无恶意的思考。爱迪生说，在以后的工作中，它们都对那个时期的谈话有显著影响，并且教那些嬉戏和快乐的人们把体面和快乐结合起来，产生了一种它们永远不能完全丧失的影响；同时，它们继续成为一流书籍，把优雅的知识传授给男男女女。

　　像《家》一样，《闲谈者》和《旁观者》以得体、礼貌的语言调整了其未解决的日常交际用语；像《拉布吕耶尔》一样，展现了时代特征和风尚。这些文章中所介绍的人物不仅是理想的，而且他们在不同场景都很有名气、很显眼。在《闲谈者》中，斯梯尔在他最后的文章里谈过此事；在《旁观者》中，巴杰尔在《德奥弗拉斯特》的序言中提过此事；这是爱迪生推荐的一本书，如果他没写的话，他也被怀疑修改了这本书。在那些有时被粉饰，有时被夸大的人物中，很多原创人物现在还部分被人熟知，部分已被人遗忘。

　　但要说他们联合两个或三个著名作家的计划，就是只能给他们一小部分应有的赞誉，再加上他们的文学与批评，有时却远高于他们的前辈，用非常公正的辩论和有尊严的语言，教授最重要的责任和崇高的真理。

　　所有这些主题都随优雅的小说和精致的寓言而愉快地发生变化，用文体的不同变化和编写的快乐来阐明。

据巴杰尔记载，在《旁观者》虚构和展示的人物中，爱迪生最喜欢的是德·克维里·罗杰爵士，他已经形成了一个非常微妙的、与众不同的而使他不知遭受侵犯的想法。当斯梯尔单纯地让罗杰去接在神庙的一个女孩，并带她去一家酒馆，爱迪生引起了朋友的愤怒，以至于他不得不通过答应暂时容忍罗杰爵士的到来去安抚他的朋友。

塞万提斯让他的英雄走进坟墓的原因是"堂吉诃德只为我而生，而我也只为他而生"，让这爱迪生以过分激烈的表达宣布，他要杀死罗杰爵士，理由是，他们为彼此而生，任何人都会冤枉他。

爱迪生是否补充了他原来的描写很值得怀疑。他描写的骑士想象力有些扭曲，但他很少使用这种歪曲描写。罗杰爵士行为的不合常理与其说是由于一些压倒性的思想带来的永恒的压力，偏离因循守旧生活的心理影响，倒不如说是习惯性的乡村生活习气和孤独的庄严自然生成的疏忽的影响。

心理的天气变化多端，初期疯狂的云卷云舒，时而出现的理性的云朵也没有使它黯然失色，它需要非常精密的呈现，爱迪生似乎已经被阻止继续从事自己的设计。

乡绅罗杰爵士，似乎是一个托利党人，表达温和点，算是一位土地利益的拥护者。这与安得鲁·弗里波特爵士相反——一位新人，一位富有的商人，热心于金钱利益的辉格党人。他们意见相左，可能最初想要的更多的结果比实际产生的结果要多，因为当时决心把党派从报纸里排除。安得鲁爵士做得很少，少到似乎只是取悦爱迪生，因为爱迪生当时把他开除出俱乐部，于是改变了观点。在无情的真正的商业精神下，斯梯尔令他宣布，他将不会为无所事事的人建立一个医院，但最后他买了土地，定居在乡下，没有建制造厂，而是建了一家医院，为12个老农夫，为商人们不认识的人，他通常认为他一点也不仁慈。

在这些如此优雅，如此有教育意义，如此广泛阅读的随笔中，被普遍认可和大量销售是很自然的事。我有一次听说，销售可以通过税收产品来计算，最近的一次发售数目每周多达 20 英镑，因此，21 英镑的话，平均每天三英镑十先令：一份报纸半便士，每天将卖 1680 份报纸。

这个销售量不是很大，然而，如果相信斯威夫特，可能是越来越少。因为他认为，《旁观者》没完没了地谈及女性让他嗤之以鼻，在休刊之前就已经使读者厌倦了。

第二年（1713 年），《卡托》登上舞台的那一年，是爱迪生名望的一个重要的转折点。据说，卡托去世时，他本来计划在他旅行的时候写一部悲剧，几年来，他已经完成了前四幕，这部剧有可能令人大加赞赏。蒲柏看过这出剧，西伯也看过。他说，当他拿回剧本，斯梯尔告诉他，无论他的朋友在写作中展现什么精神，他都怀疑，他是否会有足够的勇气让它遭受英国观众的非议。

然而，那些假装认为自由处于危险中的人同样假装认为可以保护舞台剧的那个时期已经到来，爱迪生以英国的守卫神的名义被不断地要求，用完成他的剧作来展示他的勇气和热情。

他似乎对继续工作表现出莫名其妙的不情愿，也许是出于他希望被否认的请求，休斯先生期望加上第五幕。休斯认为他是严肃地进行补充，几天后，带来了一些场景供他审核。但同时他自己也补充，后来他只写完了半幕，简洁但不规则，与前面的部分也不相称，就像勉强完成的任务，匆忙下了结论。

是否出于作者任何改变的意图而使《卡托》公之于众还尚被怀疑，因为丹尼斯指控他由于准备批评的错误立场，按自己的喜好增加偏见；指控他在《旁观者》中，与诗性正义的既定规则相矛盾，毒害城镇居民，因为他塑造的具有他所有美德的英雄，在一个暴君面前倒下。事实是肯定的，我们必须猜测动机。

我相信爱迪生倾向于封锁所有途径对抗所有危险。当蒲柏给他写一个很适合这出剧的序言时，里面有这样一些话，"英国人的出现，是值得的"。意思是，只有英国人，站起来，提升自己，认同公共美德。爱迪生很害怕，唯恐他被误以为是叛乱的发起人，界定了和英国人和参加者的界限。

现在，大量的乌云捕天而来，伟大而重要的一天到来了，爱迪生要承受戏剧危险的那一天。然而，危险可以尽可能降低。第一个夜晚，正像斯梯尔所说，要保证把观众聚集起来。蒲柏说这是第一次尝试支持《哀伤的母亲》。现在，更有效地为《卡托》而实践。

危险很快就过去了。那时，全国都在派系之争。辉格党人鼓掌赞成每个提到讽刺托利党人的自由话语；托利党人回应每一次鼓掌，表示感觉不到讽刺。博林布鲁克的故事是众所周知的。他让布斯到他包厢，并给了他五十金币，去捍卫自由的事业，反对永久的独裁者。蒲柏说，当辉格党人用好的句子加以补充时，他们设计了第二件礼物。

就这样对派系赞美的模仿是对戏剧的一种支持。戏剧一夜又一夜地演出着，持续了一段时间，我想是观众所允许的更长时间。正像波特太太很久以后所述：在整个演出期间作者怀着不安的、不能满足的关切，在幕后踱步。

当这出剧被印刷出来时，贴出了这样一则通告，如果把它奉献给女王，她会感到高兴。蒂克尔说，因为爱迪生迫不得已在剧里到处都设计了溢美之词，一方面出于责任，另一方面出于他的荣誉，没有任何奉献地把这出剧搬上舞台。

人类的幸福总是会减少的，没有乌云就不会有成功的光芒。《卡托》刚一呈现给读者，丹尼斯就满怀极度恶意进行攻击，并且带有愤怒的批评暴力。虽然他们对于所谓的自由有着同样的热情，丹尼斯也许在脾气上比爱迪生更加暴烈。尽管挪揄辉格党人令人在一出成功的戏剧前坐立不安，但会急切地告诉朋友和敌人，他们把赞美寄托于不值得赞美的对象。世界因教诲而太固执，随着科尼尔的《希德》遭受责难，丹尼斯的谴责无法表现他的愤怒，而《卡托》继续受到称赞。

蒲柏现在有机会通过丑化爱迪生的宿敌来寻求爱迪生的友谊，好像不用为自己复仇，就能发泄全部的不满。因此他发表了《疯狂约翰·丹尼斯的故事》，一场反对使戏剧发挥全部作用的演出，因此发现了与其捍卫诗人不如令批评家烦恼的更多欲望。

对这个世界已不再陌生的爱迪生，可能看到了蒲柏友谊的自私，于是他决定，应该承担对自己过分殷勤的后果。他通过斯梯尔告知丹尼斯，说他对侮辱很抱歉。无论他何时认为答复他的评论合适，他就以一种没有什么可以反对的方式去行事。

该剧最大的弱点是爱情的场景，据蒲柏说，已经在原计划上添加了随后的评论，与舞台的流行做法相符合。这样的权威很难拒绝，然而，爱情是如此紧密地与不容易被认为外在的和偶然的整个行动混合在一起。如果去掉爱情，还剩下什么？这四幕又是怎样构成这第一稿的？

剧本出版时，才子们似乎非常骄傲地用赞美之词表示他们的到场。最好的是出自一个无名之辈，当得知作者是杰弗里斯们，赞美之词可能会失去他们的赞美之意。

《卡托》还有其他荣誉。一位牛津学者因它为一出党派剧而加以指责，但在苏威尔博士有利的审查中得到捍卫，萨尔维尼把它翻译成意大利语，在佛罗伦萨上演；并由圣奥梅尔的拉丁耶稣会把它翻译成拉丁语，由他们的学生出演。这个版本的一册送给了爱迪生先生：希望可以用来比较戏剧独白的版本和布兰德的版本。

法国诗人德尚根据同一主题写了一出悲剧，带有对英国戏剧的批评被翻译成英语，但译者和评论家都已被人遗忘。

丹尼斯毫无回报地生活着，因此他的评论也无人问津；爱迪生熟知文学的策略，不会让他的敌人通过吸引公众对批评的注意而成为重要人物，这种批评，尽管有时是不温和的，但也是不可争辩的。

当《卡托》还在舞台上上演，斯梯尔出版了另一个日报——《卫报》。对此爱迪生给予了很大的帮助，是偶尔还是以前的约定就不得而知了。

《卫报》的特点是过于狭隘和严肃，它可能足以恰当地确认生活的职责和礼仪，但是好像不包括文学的猜测，并在一定程度上因欢乐和滑稽模仿而违反规则。利泽德的《卫报》如何对付高大男人或小男人的俱乐部？如何应付蚂蚁的巢穴或斯特拉达的开场白？

这份报纸不值一提，但是该报纸有很多投稿者，而且它也是《旁观者》的续刊，文章同样优雅，文体同样多样化。直到一份托利党报纸的一些不幸火花燃毁了斯梯尔的政治观点，使他的智慧立即激发成派别。他很快因中立的话题而炙手可热，并放弃《卫报》而去写英国人。

爱迪生的文章以在《旁观者》中以克里欧的名义写的《书信》之一为标志。在《卫报》中，以一只手为标志。无论是否像蒂克尔那样假装认为，他不愿意侵占别人的赞扬；或者像斯梯尔，极有可能暗示，他不可能没有不满地把他自己的任何知识传授给别人。我听说他的亲和力不能满足名望的氛围，但是他如饥似渴地抓住了自己的利润比例。

报纸中许多文章都真正滑稽有力，人物鉴别缜密，从礼乐角度对自然的或意外的偏差进行准确观察。但人们猜测，直到爱迪生去世后，斯梯尔宣称他是《鼓手》的作者，才知道他曾在舞台上尝试喜剧。然而，凭借任何直接的证词，斯梯尔都不知道这是真的。因为当爱迪生把剧本交到他的手中，只告诉他，这是公司里的一位绅士之作。得承认这点，当它被冷淡地接受时，他可能不太愿意声称这点。蒂克尔在他的文集中省去了这点，但是斯梯尔的证词，以及任何请求人的沉默无语，决定了公众认为这是出自爱迪生之笔，现在把它与其他诗歌印在一起。斯梯尔把《鼓手》带到剧场，后来给了出版社，稿件卖了50畿尼。

对斯梯尔的观点，可能又加了些戏剧本身提供的证明。爱迪生已经描述过其中的人物，爱迪生也已促进了发展的趋势。如果不被接受，那么就会提出质疑，难道我们不是每天都看见对戏剧赞美的反复无常？

这时，爱迪生根本不是一个公共事务的冷漠旁观者。因为根据不同的情况需要，1707 年，他写了《目前的战争状态》和《加强的必要性》，相关的临时主题无论写得多么审慎，都没有展现其特殊的才能，没有引起注意，并自然地被它自己的分量所忽视。不能不提到几篇命名为《辉格党审查人》的文章，里面运用了放荡的恶意和幽默讽刺的各种力量。刚出版和刚过期的报纸中，斯威夫特欢欣鼓舞地评论道，现在死者们都倒下了。他可能为那些他不可能杀死的人的死去而欢喜。因为个人的恶意过去了，每一个党派的每一个读者，以及曾经激怒整个国家的文章仅仅因才智喷涌而被阅读，一定想要更多的辉格党人。因为爱迪生的天才没有机会更有力地被发挥出来，他的权力的优势也没在某方面更为明显地出现。他为了揭露《法国通商条约》而作的《计数关税的审判》也没有挨过所产生的问题。

不久，有人试图让《旁观者》复活，其实一点儿也不利于文学。此时正值一个新的家族要继承王位，国内充满焦虑和混乱。因时代的动荡或读者的满足感，停止出版，但经过 80 份的实验，也就是后来被收录成的第八卷，也许比之前的任何一卷更有价值。爱迪生创作了四分之一，其他的投稿者就是被称作"他的合伙人的人"。《旁观者》暂时停刊的那段时间已经过去，尽管里面并没有减少爱迪生幽默的力量，但似乎增加了严肃性，他把宗教融入他的喜剧文章中的比例要大于以前的作品。

从《旁观者》的重新发行开始，一周仅出版三次，报纸中没有添加判别标志。对于爱迪生来说，蒂克尔已经23岁了。

《旁观者》有许多投稿者。斯梯尔的疏忽，让他总是匆匆忙忙，当轮到他提供报纸时，斯梯尔过分要求书信，其中爱迪生的材料很多，但很少使用；于是便依赖于速写和建议，以及他现在评论并完成的以前的研究成果：这些有蒂克尔称作的随笔，有关才智、想象的乐趣，以及对弥尔顿的批评。

当汉诺威家族拥有王位，合理地期望爱迪生的热情会得到适当的回报。乔治国王到来之前，他是摄政秘书。部门要求他给汉诺威发送通知说女王去世了，王位空缺。这样做对任何人都不会有困难的，但是对于爱迪生来说，如此重大的事件不堪重负，正费心选择表达的词语。不能等待评论细节的上院议员们，叫来了索思韦尔先生，上议院的一位秘书，并命令他发送消息。索思韦尔轻而易举地公布了消息，用这类事情的通用风格，并评价自己做了对爱迪生来说太难做的事情。

爱迪生更适合《旗帜世袭报》，一份一周出版两次的报纸，从1715年12月23日起到第二年年中。这份报纸的职责是捍卫现行政府，有时进行辩论，有时充满欢乐。在辩论中他有许多势均力敌的人，但他的幽默是奇异且无人能及的。偏执本身必须对保守党猎狐者感到高兴。

然而，有些既不文雅，又不体面的举动，如《伪装者》期刊，其嘲笑的对象是他的贫穷。弥尔顿用这种滥用的模式来对付国王查尔斯二世。

"——雅克比。
很多贵族公子是被钱包这个皇上流放的。"

奥尔德米克森很高兴提到伦敦的某议员，他比流亡的王子更有钱，但是可能来自弥尔顿的野蛮或奥尔德米克森的吝啬，不符合爱迪生的品味。

斯梯尔认为《伪装者》的幽默在如此嘈杂的时代太美好太温柔，据报道说，部长们本应该用小号时，却使用鲁特琴。

今年（1716年），经过一个很长时间的、焦虑的求爱，他娶了老年贵妇沃维克伯爵夫人，也许其行为非常类似罗杰爵士对他不屑的寡妇：恐怕她经常通过玩弄他的激情来聊以自慰。据说他们初次相识是因为他给她的儿子做家庭教师。汤森说："在他第一次被推荐到这个家庭时，他就计划要得到那位女士。"我不知道他什么时间被推荐到这个家庭，在这个家庭里他生活了多长时间，以什么方式生活。起初他的向前发展肯定是胆怯的，但随着他的声望和影响力的增加他变得更大胆；直到最后夫人被劝说嫁给他，就像土耳其的公主被嫁婆。据报道说，苏丹宣布，"女儿，我赐给你这个人做你的奴隶"。如果可以相信不矛盾的报道，这段婚姻没有让他幸福，婚姻既没有发现他们平等，也没使他们平等。她总是想起自己的阶层，认为自己有权力，并用很少的礼节来对待她儿子的家庭教师。据说，在他们结婚之前或之后，罗创作了歌谣《绝望的牧羊人》，就是有关这难忘的一对的。可以肯定的是，爱迪生对这场野心勃勃的爱情没有留下令人鼓舞的事情。

一年后（1717年），爱迪生位迁最高职，成为国务秘书。获得这份工作可能由于他的长期实践和他的职位的一路荣升。公正地说，他应该最胜任此职，但是期望往往令人失望：人们普遍承认，他与他位居的职责不相配。在下议院，他不能说话，所以对政府的国防是无用的；而在职位上，他无时不在思考更好的表述，而不能发布一条命令。他获得了官位，但却失去了信用；凭经验，他发现了自己的无能，被迫恳请免职，并得到了一笔每年115英镑的生活津贴。他的朋友们掩饰了这种放弃，朋友和敌人都知道真正的原因，解释说身体健康状况不佳，有必要休息和安养。

爱迪生现在回归自己的本行，并开始为他未来的生活进行文学计划。他决意写一出有关苏格拉底之死的悲剧故事。正像蒂克尔所评论的，这个故事的基础是浅薄的，我不知道如何将爱情附加在这个故事上，而且既没有情感上的价值，也没有语言上的优雅。

他从事一个更崇高的工作，为基督教进行辩护，其中一部分是在他死后出版的，他设计了新的诗歌版的赞美诗。

蒲柏把这些虔诚的作品归咎于一个自私的动机，因为爱迪生深得汤森的信任，后来汤森因为不喜欢爱迪生而与其吵了起来，并说，当爱迪生卸任国务秘书一职时，就打算接受命令，去获得主教这一职位，因为我一直以为在他心中他就是个牧师。

蒲柏应该想到汤森的这种值得回忆的推测是一个证据，但事实上到目前为止，我所发现的唯一证据是，他从古老的对抗行为中保留了一些恶毒。汤森佯装不知但猜到了，其他人都不怀疑它；蒲柏可能深思熟虑过，曾经在桑德兰政府部门当过国务秘书的人，知道比捍卫宗教或翻译赞美诗更接近主教的道路。

与此相关，他曾一度想编写一本英语字典，而且他认为蒂洛森博士是最高权威的作家。正像洛克所说，以前是由皮革销售公司的职员洛克先生送给我一本由爱迪生编著的蒂洛森作品选读集，洛克先生因好奇心和喜爱文学而著名。这书来得太晚没什么用途，所以我略微翻看了它，记得不太清楚，我认为文章都太短了。

然而，爱迪生没有在和平的研究中结束他的生命，在他弥留之际，再次陷入一场政治争端。

非常凑巧的是，1718—1719年间，在爱迪生和斯梯尔这样的老朋友之间有一场激烈的公开辩论。借用荷马的话来说，有人可能会问，是什么力量或什么原因使他们有分歧？他们争辩的话题至关重要。桑德兰伯爵提出一个被称作《贵族法案》的行动：贵族的数量应该是固定的，国王应阻止任何新贵族的产生，除非有一个旧家族灭绝。对此，上议院自然会同意。而国王，众所周知，不熟悉自己的君权，几乎对王位的财产漠不关心，已被说服同意这项法案。唯一的困难是在下议院，议员们不可能赞成把他们和他们的子孙永远排除在贵族之外。因此，法案遭到罗伯特·沃波尔爵士等其他人的强烈反对，而且沃波尔爵士的演讲被发表。

上议院可能认为他们的尊严被不当的进步所削减，特别是由于立即吸收了12位新的贵族，而在过去的统治中产生多数的托利党成员。这是一项非常暴力的权威的法案，但肯定是合法的，决不可与蔑视国家相比对。

这以后的一段时间，辉格党教义教唆由人民选出来的三年任期的下议院议员，自己选择七年任期。但是，无论上议院表现出什么倾向，人民都不希望增加他们的力量。正像斯梯尔在给牛津伯爵的一封信中说到的，法案的趋势是产生贵族阶级，因为有限的上议院大多数议员，都是专制而又不可抗拒的。

为了防止这个古代就建立起来的帝国的瓦解，斯梯尔的创作很容易支持他的政治热情，就是通过他的一本小册子《平民》竭力警告民众。为此，爱迪生发表了一个以《老辉格党》为标题的回复，里面没有发现斯梯尔那时是有名的下议院的支持者。斯梯尔用第二个《平民》进行了答复，无论是出于无知或出于礼貌，把自己局限在这一问题中，没有对他的对手提出任何个人警告。迄今没有什么反对友谊、法律或礼仪礼貌的行为，但是争论者没有为彼此长期保留他们的仁慈。《老辉格党》回复《平民》，没能避免一些蔑视，"小迪克，你的职业就是撰写小册子"。然而，迪克没有对自己的朋友失去尊敬，而是心满意足地引用《卡托》中的一些句子，立即作为检讨和责备。在会议期间，法案被搁置，在下次会议之前，爱迪生就去世了，而该法案以265比177的票被否决了。

　　读者们一定会感到遗憾的是，这两位杰出的朋友，经过过去这么多年的信任和喜爱、利益的统一、意见的整合、研究的友谊，最终在激烈的反对中分道扬镳。正如卢肯所表述的，这样的争论使内战更多。为什么派系间斗争找不到其他的支持者？众所周知，在人类社会的不确定性之间，我们注定要计入友谊的不稳定性。

　　除了从文学百科全书中略知一点外，我对这一争端知之甚少。《老辉格党》没有被编进爱迪生的作品中，也没有被蒂克尔在他的一生中提及。为什么传记作者做出省略？这无疑道出了真正的原因，它的事实太近了，而那些已在激烈的竞争渐渐冷却。

　　符合时代的需要，吝惜人物的需要，是传记的一大障碍。历史的形成来自永久的遗迹和记录，但是生活传记只能来源于个人的知识，它每天都在变少，而且在很短的时间内就会永远消失。已知的东西很少能马上告知，当它可能会被告知，它不再是已知的。心灵微妙的特征，性格的细致区别，以及行为的细微特点，很快就消失，无论对它们可能会进行多么好的描述，任性、固执、嬉闹和愚蠢都应该被默默地遗忘，这肯定比肆意的欢乐和不合时宜的察觉更好。痛苦应给予一个寡妇、一个女儿、一位兄弟或朋友。因为这些叙述的过程把我带到我的同时代人中间，所以我开始感觉自己走在火还没有熄灭的文化遗址，来到了与其说什么都正确，不如说什么都是虚假的时代。

　　这种有意义的生命终点即将到来——爱迪生已经有一段时间被急促的呼吸所压迫，现在因水肿而加重，他发现危险正在逼近，他准备死亡的到来，正符合自己的认知和职业。

　　如同所描述的那样，在弥留之际，他通过沃里克伯爵给盖伊先生送信，希望见到他：盖伊以前有一段时间没有拜访他了，听从召唤，并发现自己受到盛情接待。这次被恳求见面的目的后来被发现了，爱迪生告诉他说，他伤害过盖伊，但是如果他恢复健康，他会报复他。他没有解释是什么伤害，盖伊也不知道，假定是一些为他设计的升迁，但因为爱迪生的干预，升迁就被阻止了。

沃里克勋爵是生活极无规律的年轻人，也许没有什么主见。他不是很尊敬的爱迪生曾力劝改化他，但是他的论点和劝告没有效果。然而，还有一个实验需要实施：当爱迪生发现他的生命接近尾声，他要求把这位年轻的勋爵叫来。当勋爵非常亲切地期望听到他最后的命令，爱迪生告诉他：我派人把你叫来，你可以看到一个基督徒如何死去。我不知道这样可怕的一个场景会带给勋爵什么影响。同样，他也很快就死了。

在蒂克尔送他朋友的挽歌中有这样的句子：

> 他教我们如何生活；哦！知识的代价，
>
> 太高，教会我们如何去死。

这里，正像他告诉杨博士那样，他暗指了这一感人的会面。

爱迪生跟蒂克尔先生说明他作品出版的事宜，并在他临死的时候，把作品给他的朋友克拉格先生。1719 年 6 月 17 日，他在荷兰屋去世，身后只留下一个女儿。

他的美德足可以证明，对党派的不满并不意味着任何犯罪的指控。他不是死后才被颂扬的人。因为其优点是公认的，斯威夫特曾经说过，他的当选没有竞争，如果向国王毛遂自荐，他也不会被拒绝的。

他对政党的热情并没有熄灭他对对手优点的赞赏：当他在爱尔兰当秘书时，他拒绝中断与斯威夫特的交往。

对于他的习惯或行为举止，人们最常提到他的胆怯和闷闷不乐的沉默，他朋友把这点温和地称作是谦逊。斯梯尔亲切地提到明显的羞怯，

"那是一件斗篷，一件隐藏和遮盖优点的斗篷"；并且告诉我们，"他的能力只被谦逊所掩盖，这使人们所见的美德倍增，并把信任和尊敬给了所有被隐藏的事物"。

切斯特菲尔德肯定地说："爱迪生是他见过的最胆小、最笨拙的人。"爱迪生在交谈中提到过自己的缺点，常常说自己，在知识财富方面，"他能吸引1000英镑的费用，尽管他口袋里连一枚金币都没有"。

他需要现金付现款，并经常因缺钱受阻而苦恼。他经常被一种不适当和不优美的胆怯所压迫，一切证词都可以证明，但是切斯特菲尔德的描述无疑是夸张的。

那个人不应该是在生活和对话艺术上很外行的人，他没有财产或联盟，凭借他的才能和灵活成为国务秘书。他47岁就去世，不仅长期在智慧和文学方面有很高的成就，而且在政府最重要的部门位居高职。

他生活的时代有理由哀叹他的固执沉默，斯梯尔说："因为他出众的幽默才能，那种幽默是如此完美，以至致于我经常反思，在这个世界上只有与他共度一个晚上之后，我才有兴致与亲密的熟人特伦斯和卡图卢斯交谈，他们也天性机智，因此其他任何人所具有的更细腻且令人愉悦的幽默都会增强。"这是对朋友的喜爱。让我们听听他对手的评价，蒲柏说："爱迪生的谈话有我在其他人那里没发现的迷人之处，当然，这只有在熟悉时会有，在陌生人面前，他一向用僵硬的沉默保持尊严。"

这种谦虚是与他美德的高调相一致的，在现代的智慧里他要求成为第一名，斯梯尔随声附和，常常贬低德莱顿，为此蒲柏和康格里夫反对他们并进行辩护。没有理由怀疑他承受蒲柏的诗歌声望所带来的痛苦，也不是没有理由怀疑，因为一些虚伪的行为，他竭力阻挠，蒲柏不是他不知不觉中伤害的唯一的人，尽管可能是他唯一害怕的人。

他自己的权力大到足以让他满足有意识的卓越。在他非常广泛的学识中，他确实没有留下证明。他似乎对科学知之甚少，除了拉丁语和法语，他好像读书很少，但是在拉丁诗人中，他的《奖牌的对话》表明，他曾非常勤奋而熟练地研读了很多著作。他自己心灵的富足让他无需后天的情趣，他的智慧总是可以让他见机行事。他用批判的眼光审视人类生活的重要书卷，从战略深度到假装的表面洞察人的内心。

他容易传达他的想法。斯梯尔说："这对这个作家很特别。一旦他下定决心，或者计划要写作他所设计的内容，他就在一个房间里来回走动，尽可能自由和轻松地口述出来，就像有人这样写出来一样，并把他口述的内容加以语法和连贯性处理。"蒲柏很少怀疑自己的记忆力，并宣称，爱迪生写得很流畅，但在修改上就缓慢而谨慎。《旁观者》中的很多文章写得非常快，写完后会立即送到报社，这似乎是为了证明他的优势但却没有太多的修改时间。

蒲柏说："在出版前，他为了取悦他的朋友而有所改变，但之后不会再进行润色。我相信，我所反对的《卡托》里，没有一个词能够让人忍受。"

《卡托》的最后一行是蒲柏的，原本是这样写的：

哦！是该结束卡托的生命了。

蒲柏可能反对这六行结尾句。在第一联，"从这里"一词不恰当，第二行摘自德莱顿的《维吉尔》。下一联第一行包括在第二行中，因此是无用的，在第三行中，因不和产生冲突。

蒲柏对爱迪生结婚前熟悉的一天做了一个详细的描述：他让巴杰尔和他在房间里，也许是菲利普。他的主要同伴有斯梯尔、巴杰尔、菲利普、卡蕾、戴夫南特和布雷特上校。他总是和其中的一个或其他的人共进早餐。整个早晨他都在学习，然后在一个小酒馆吃饭，之后去巴顿咖啡屋。

巴顿曾经是沃里克伯爵夫人的仆人，在爱迪生的赞助下，他在罗素大街南侧，离科芬花园不远的地方开了家咖啡屋。

那里，是当时的才子经常聚会的地方。据说，当爱迪生让伯爵夫人惹恼后，他就撤离巴顿家的集会。

从咖啡屋出来，他又去了一家酒馆，在那里他经常坐到很晚，喝很多酒。在酒瓶里，不满寻求安慰，怯懦寻求勇气，害羞寻求信心。

很有可能，爱迪生第一次从清醒时屈从的胆怯中获得解放，并由此而喝得过量。他感到来自于自己的压抑远远超过他人的存在，他希望释放他说话的才能，他从酒神巴克斯那里寻求救助，谁能够保护自己免受他的辅助者的奴役？

在这些朋友中，爱迪生展示了他口头技能的高雅，这可能很容易地如蒲柏所描述的那样。曼德维尔有一次与那些人在一起度过了一个晚上，他宣称爱迪生是一个戴假发的牧师，他的性格对他影响很小。对于陌生人他很矜持，不会被像曼德维尔那样的性格所怂恿去追求非凡的自由。

60年的干预现在阻止我们对爱迪生熟悉的礼节细致了解。斯梯尔曾经答应康格里夫和公众对他的性格给予一个完整的描述，但作者的承诺就像情人的誓言。斯梯尔认为，他的设计没有更多东西，或者是焦虑的，以至于到最后令他感到厌恶，他的朋友都在蒂克尔的掌握中。

斯威夫特回忆了爱迪生性格的一个模糊的印象：他发现有人确实错了，通过默许来奉承他的意见，这使他陷入更深的荒谬，这就是他的做法，这个恶作剧的技巧受到斯特拉的钦佩。斯威夫特好像也很赞成她的钦佩。

他的作品会提供一些信息。从他对世界的各种各样的描绘中可以看出。尽管他很腼腆，但他和许多不同阶层的人进行交谈，用非常勤奋的观察调查他们的行为方式，用敏锐的思维标注着不同生活方式的影响。

只要他存在，他所受的谴责都是危险的；他敏于辨明错误与荒谬，并不是不愿意揭露它。斯梯尔说，在他的作品中，有很多是在旁敲侧击这个时代一些最有才华的人。他的快乐是比憎恨更刺激的快乐，他发现愚蠢而不是犯罪。

如果从爱迪生的作品对他的道德品格做出任何判断的话，只会发现他很纯洁美好。人类知识的确不如爱迪生的知识广泛，但这表明，写作和生活是截然不同的。许多称赞美德的人，不仅仅是赞美它，认为爱迪生的职业和实践没有很大的差异是合情合理的。因为，在他大部分生命所经历的派系之争的暴风雨中，尽管他的立场让他很突出，他的活动使他强大，他的朋友概括出的性格从未与他的敌人发生矛盾：敌人中有些人的兴趣或观点与他相统一，另一些人发动反对暴力对付他，虽然他可能会失去爱，但他保留着尊敬。

蒂克尔公正地评论，爱迪生把机智运用到美德和宗教的一面：他不仅正确使用自己的才智，而且还把它教给别人。从他的时代起，已经普遍服从了理性和真理的事业。他已经消除了这种长期以来的欢乐与恶习结合的偏见，消除了礼节的从容与道义的散漫结合的偏见。他恢复了对自己的尊严和美德，教育天真不再羞愧。这是文学性的升华，高于所有的希腊名声和罗马名声。天才不能从净化知识中获得快乐，笑声同猥亵、机智和放荡分离中不能获得快乐，教授一系列的作家用优雅和欢乐带来善良的帮助中不能获得快乐，而且如果我用更糟糕的表达方式，让许多人变得正直不能获得更多的快乐。

在爱迪生的生活中，后来有一段时间，绝大部分读者认为他最擅长诗歌和批评。他的名声部分可能归因于他的财富的增长。正如斯威夫特评论说，他成了一名政治家，并且看见诗人等待他的晨起朝见，难怪赞美都汇集在他身上。同样，可能更多地归因于他个人的性格：如果他要王冠，他就可能得到王冠，这样的他不可能得不到桂冠的。

但时间很快结束了虚假而意外的名声，爱迪生要经历只有他的天才才能保护的未来。兴趣的仁爱一度令抬得太高的名声处于危险中，唯恐下个时代，会以批判的复仇方式，同样将名声淹没。一个伟大的作家最近称呼他为冷漠的诗人，糟糕的批评家。

首先要考虑的是他的诗歌。必须承认，诗歌里没有充满情趣光环的快乐词语，也没有赋予词语以生命情绪的活力，诗中很少有热情、气势或狂喜；几乎很少有宏伟庄严，也并不是经常有辉煌优雅。他公正地思辨，但很微弱地思索。这是他的性格，毫无疑问，许多单一的篇章也许是例外。

然而，如果他很少达到卓越，他很少会陷入沉闷，而且很少被卷入到荒谬之中，相信他的能力不会被疏忽。在他大部分的文章中，都有沉着冷静、深思熟虑与小心谨慎，有时一点也不快乐，但很少有冒犯之事。

这种诗似乎是写给德莱顿、萨默斯和国王的。他的"塞西莉亚颂歌"一直被蒲柏模仿，里面有着类似德莱顿充满活力的东西。在他的《英国诗人的描述》中，他常提到一个可怜的东西，但不是比他平常的性格差。他曾经以沃勒这一人物形象很不明智地说，

> 你的诗可以展现克伦威尔的无辜，
> 因此向诞生他的风暴雨致意，
> 哦！让你的缪斯不要很快变老，
> 但看到伟大的拿骚在英王的宝座下，
> 他的胜利如何在你的篇章里闪耀！——

这是怎么说呢？能赞扬克伦威尔是威廉国王的合适诗人呢？然而，爱

迪生从来没有出版这首诗。

"一封来自意大利的信"一直倍受称赞，但从来没有人称赞过它的优点。该诗比他的任何其他诗歌更正确是因为较少出现劳动，更优雅是因为鲜有装饰的野心。然而，里面有一个值得注意的断续的隐喻：

> 因那个名字而充满热情——
> 在我挣扎的缪斯里我抑制痛苦，
> 渴望进入一个更高贵的家族。

"控制女神"不是很微妙的想法，但是为什么她必须被控制？因为她渴望发起一项行动？这一行动却从来没有用缰绳控制；她要进入哪里？进入一个高贵的家族。在第一行，她是一匹马；第二行她是一艘船；诗人关心的是不让他的马或船歌唱。

第二首诗是远近闻名的战役，沃顿博士把公报称为押韵，善意的批评不常使用的严肃。在承认严肃指责之前，让我们考虑一下，战争是诗歌中一种常见的主题，那么试问谁用更多的公正和力量描述过它。我们自己的许多作家尝试用他们的力量创作今年的胜利，但是爱迪生的诗被公认为是最佳创作。他的诗是不被学问的灰尘蒙住双眼的人的作品，他的意象不是仅仅从书本里借来的。他赋予他的英雄并非个人实力和强健体格上的优势，而是慎重的无畏，激情的平静命令，在危险关头内心揣度的能力。虚构的排斥和轻视是合理的、有男子气概的。

人们注意到，蒲柏模仿了最后一行：

> 马尔堡的功绩出现了神圣的光明——
> 颂扬自己，他们吹嘘自己真正的魅力，

那些真实描绘他们的人，最会对他们大加称赞。

蒲柏考虑到了这些，但是，不知道如何使用不是他自己的东西；一旦他借用了，也就毁掉了他的思想。

用心唱出的悲哀将抚慰我的鬼魂：

他画得最好的也是他们感觉最好的。

军事功勋可以描绘出来，也许悲哀也可以，但他们肯定不会被用心唱着并画出来：不容易用歌曲绘画，或者用颜色唱歌。

在"战役"中，没有哪段比天使的明喻更易被提到，据说在《闲谈者》中是曾进入人的心灵的最崇高的思想之一，因此是值得认真考虑的。让我们首先问问这是否是一个明喻，诗意的明喻是在一般性质不同的事物之间发现两个动作之间的相似之处，或者是在某个相似的效果中找到不同作用导致的终止原因；但是提到从一个像的原因导致另一个像的后果，或者是一个像的力量导致一个像的性能，就不是明喻，而是一个范例。说泰晤士河水灌溉了田地，就像波河灌溉了田地，这就不是明喻。或者，赫克拉山在冰岛喷出火焰，就像埃特纳山在西西里岛喷出火焰，这也不是明喻。当贺拉斯提及品达（希腊抒情诗人），他抒发诗句的暴力和速度，就像涨满雨水的河流从大山上奔腾而泄；或者他自己，天才的他在寻找诗意的修饰时思绪纵横驰骋，就像蜜蜂在采集蜂蜜。在上述任何一例中，他都创作了明喻，头脑通常容易被不相像的东西留下相似的深刻印象，如同智力和身体一样。但是如果品达被描述为荷马的创作力旺盛和壮观般地写作，或者贺拉斯告诉过他像伊索克拉底润色他的演说一样用心地检查并完成他自己的诗歌，而不是表现出几乎相同的外观，他本可以给相同的肖像画以不同的名称。在目前分析的这首诗中，当英国人通过一次次的进攻和坚定的决心终于占领一个坚固的关口时，他们固执的勇气，爆发的活力，被描绘成被永不停息、撞击荷兰堤防的大海。这是一个明喻。但是当爱迪生赞扬马尔堡人的美时，告诉我们阿喀琉斯也一样由各种魅力构成，这里就不是明喻，仅仅是一个例证。明喻可比作聚在一点的线，当距离很远的线接近时，就非常的优秀；另一个表述也可以被看作是一个范例：两条平行线运行在一起，永不分离，从不相交。

诗中马尔堡如此像一个天使，以至于双方的行动几乎是相同的，并用相同的方式行事。马尔堡教导战斗愤怒，天使指挥风暴；马尔堡思想平静不为所动，天使平静而安详；马尔堡在东道主岩石攻击下无动于衷地站在那里，天使在旋风中冷静驾驶。有关马尔堡的诗句是公正而高贵的，但是这个明喻几乎又一次赋予相同的意象。

尽管不是明喻，也许这一思想远离庸俗的概念，需要努力研究或灵巧地应用。马登博士，一个爱尔兰应该尊敬的名字，曾给了我他的见解。他说，如果我已让十个小学生描写布伦海姆战役，其中八人写天使，应该不让我感到吃惊。

尽管很少提及歌剧《罗莎蒙德》，但它是爱迪生第一部作品中的一部分，主题是精心挑选的，故事是令人愉悦的，而且赞美马尔堡。为情景提供了一个机会。也许是，每个人都必须天资卓越，天才能带来好运。思想有时强大，有时温柔；诗律简单而欢快。毫无疑问，在短短的诗句中有某些优势，不会诱惑加上咒骂的绰号。对话似乎通常好于歌曲。两个喜剧人物特拉斯蒂爵士和格莱德兰，虽然没有什么价值，但为诗人所用。我认为特拉斯蒂爵士描述的罗莎蒙德之死是非常荒唐的。整个剧轻快而优雅，按情节发展，结尾皆大欢喜。如果爱迪生向诗歌较轻松的部分偏重，可能会有更出色的表现。

悲剧《卡托》，在选择其他诗人的作品上与所遵循的规则相反，这无疑是展现爱迪生天才的最高贵的作品。被如此广泛阅读的作品，很难说出任何新东西。有关公众长久思考的东西，通常能达到正确的思考。在《卡托》中，人们已作出公正的决定，在对话上与其说它是一出戏剧，不如说是一首诗；与其说是自然情感的表现，或者是人生的某种状态，不如说是优雅的语言表达的感情。这里，没什么能令人兴奋或情绪缓和；这里，没有幻想的恐怖和狂野的焦虑这种神奇力量。没人关注事件是如何发生的，也没人因这些事件而悲伤欢乐。我们不关注其动因，我们不考虑他们在做什么，或者他们在忍受什么痛苦，我们只希望知道他们在说什么。卡托是无需我们关注之人，是诸神眷顾之人，是不经意间留给他们照顾之人。至于其他人，诸神和人类都不关注，因为他们中间没有一个人无论是情感，还是自尊可以强烈吸引人。但是他们成为情绪和表达的工具，以至于剧中每一个场景都给读者留下了深刻的印象。

当爱迪生把《卡托》给蒲柏看时，他建议作者不要有任何戏剧表现，印刷出来，因为这出剧读起来比听起来更好。爱迪生宣称自己有相同的观点，但是敦促朋友们不断地在舞台上表演。演出取得了出乎意料的成功，它的成功向我们介绍或证实雄辩家式对话的使用，不影响优雅，以及冷漠的哲学。

然而普遍的称赞或许能平息别人的指责，对于丹尼斯一贯的不喜欢，让其经受住了考验。但是他的不喜欢不仅仅是任性的，他发现也指出了许多缺点，他甚至是非常愤怒地指出来，但是他是非常尖锐地发现这些的，应该从遗忘中拯救他的批评，尽管最后，它仍会努力从压抑的工作中获得平静的生活。

为什么丹尼斯不在意观众的意见，他说出了自己的理由：

"尊重是给予一般的掌声的，当它出现时，那是自然的，自发的掌声；但是当掌声是假装的、人为的，就不应给予关注。在所有的悲剧中，他的记忆中有巨大的和暴力的运动，很少有人能忍受，绝大部分是可耻的。当知道他有判断力，觉得他是天才的诗人写了一个悲剧，诗人相信自己的优点，鄙视使用阴谋。人们冷冷地面对这样的悲剧表演，没有任何暴力的期望或虚幻的想象，或者立于不败之地的偏爱；这样的观众很容易得到诗歌自然产生的印象，通过他们自己的理性判断和自己的判断能力来评断，理性和判断是平静而祥和的，不是天生形成去改变宗教信仰，去控制和欺压别人的想象。但是当知道自己既不是天才也没有判断力地写了一出悲剧，他开始求助于一方，他努力从事他所缺少的才能组成的行业，通过诗歌技巧来弥补他诗歌艺术的不足。这样的作家谦卑地满足于在户外让情节充满激情，因为他无法把它带到舞台上。那一方面的人，激情和偏见，都是喧闹和混乱的事情，更多的错误导致更多的吵闹和混乱：他们作威作福，欺压缺少判断力的人们的想象力，有时拥有它的人又太过分，像激烈的、无耻的洪流，在他们面前承担下所有的反对。"

于是他谴责对诗性正义的忽视，这是他最喜欢的原则之一。

"这肯定是每一位悲剧诗人的职责，通过扬善惩恶的精确分布，模仿神的旨意，并反复灌输着某一特定的信仰。在世界的舞台上，这的确是真的，恶人有时成功，而无辜者受苦。但是这是世界的统治者所允许的，从他的无限正义属性中可以看出，未来会有补偿，来证明人类灵魂的不朽，以及未来的奖励和惩罚的确定性。但悲剧诗人不会比阅读或陈述存在更长久。他们实体的整个范围被这些人所限制。因此，在阅读或陈述时，根据他们的优点或缺点，他们必须受到惩罚或奖励。如果不这样做，没有诗性正义公正的分配，没有特定的上帝指导性的演讲，也没有神的旨意的模仿。然而，这出悲剧的作者不仅在他的主要人物的命运上违背了这点，而且每一个地方，贯穿全剧，使善受苦，恶习逞能：不仅卡托被凯撒征服，而且西法克斯的背叛和背信弃义也压倒朱巴诚实的简单和轻信；波尔蒂乌斯狡猾的巧妙和伪装战胜了马库斯慷慨的坦率和开朗。"

看到善有善报，恶有恶报是多么快乐呀！然而，因为现实生活中罪恶滔天，所以诗人当然是自由地给它在舞台以明目张胆的表现。因为，如果诗歌模仿现实，那么如何用真实的形式表现现实的方法来表现法律遭到破坏？舞台有时候能够满足我们的愿望，但是如果舞台真实地反映生活，有时也应该展示些我们所期望的。

丹尼斯反对那些不自然的或是合理的人物，但当男女英雄们不是我们生活中看到的人时，很难找到对他们的行为进行评判的标准。然而，考虑他所说的卡托接到他儿子的死讯的描述的方式还是很有用的。

在第四幕，也不是卡托的悲痛。实际上，有人在这一幕记下比第三幕更多有关他的儿子和露西亚的情况。卡托收到他儿子死的消息，不仅眼不落泪，而且略带满意；在同一页，他为国家的灾难而洒热泪，下一页为他朋友的危险担忧而洒热泪。现在，既然热爱国家就是热爱同胞，就像我在另一个场合所说明的，我要问一下这些问题：在我们的同胞中，我们最热爱谁，是那些我们认识的人，还是那些我们不认识的人呢？在那些我们认识的人中，我们最珍惜谁，是我们的朋友还是我们的敌人？在我们的朋友中，谁是我们最亲爱的，我们的那些亲属，还是那些非亲非故的人呢？在我们的亲属中，我们对谁最温柔，那些离我们最近的亲人，还是远方的亲人？在我们的近亲中，谁又是最亲近的，或者说是我们最亲爱的人，我们的子孙后代还是其他人？我们的子孙后代，这是最肯定的。自然地，或者换句话说，上帝明智地为人类的生存下去而设计。现在，该剧没有遵循这一原则，那一个人得到儿子的死讯，眼不落泪，同时又为国家的灾难而哭泣，那么所说的话语是讨厌的做作还是痛苦的矛盾？那是用普通的英语能表达的吗？得知为了国家的利益而死的，他的名字又是我们所亲爱的人的消息而不落泪，还是得知，为了国家的利益而死，他的名字不是我们所亲爱的人的消息而热泪盈眶？

但是，当丹尼斯攻击行动的可能性和计划的合理性的时候，这一强大的攻击者是不可抵抗的。每一个挑剔的读者一定会评论，带有英国舞台上没有先例的顾虑，爱迪生已经把该剧设定在一天中的一个时间，一个严格的统一的地方。场景没有变化，戏剧的整个事件都发生在尤蒂卡卡托的房子的大厅里。因此更多的是在大厅里发生的，而任何其他地方都更适合，这种不适当给丹尼斯提供了许多欢乐的暗示和胜利的机会。文章很长，但是这样的专题文章不常见，异议巧妙地形成并大力敦促，那些喜欢评论的人不会觉得乏味的。

波尔蒂乌斯一出发，森普罗纽斯就开始内心独白，西法克斯立即进入，然后两个政客立即出场。他们把脑袋凑在一起，手里拿着他们的鼻烟盒，贝斯先生拥有它，并且与他们联盟。但是，在这智慧的情景当中，西法克斯似乎给森普罗纽斯一个及时的提醒：

"西法：这是真的吗？森普罗纽斯，你们参议院

被召集在了一起。上帝呀！你必须谨慎，

卡托有着锐利的眼睛。"

事实上，在统治者的市政厅的会议上要阴谋反对他，要表现得更加谨慎。无论在他的眼里，他们有什么样的看法，我想他们是听不到的，或者他们永远不会以这么愚蠢的这么近的距离来谈论此事。

"上帝呀！你必须谨慎。"

哦。是的，非常谨慎：因为如果卡托偷听到你，因为你是政客而将你逐出，凯撒也不会接受你；不，凯撒永远也不会接受你。

当第二幕卡托把参议员引出大厅，假装因为他们的争论而认识了朱巴。对于我，他似乎做了一件既不合理也不文明的事情。朱巴当然愿意在宫殿的一些私人房间里更好地了解辩论的结果。但是因为荒诞诗人被驱逐出去，让位给另一个人。也就是，给朱巴一个机会，请求玛西亚的父亲。在同一幕里，朱巴和西法克斯的争吵和愤怒，西法克斯对罗马人和卡托的谩骂，在她父亲的大厅里他给朱巴的建议，用力抢走玛西亚，对他残忍的拒绝和吵闹的愤怒，当卡托几乎看不见，也许是听不见时，至少他的一些警卫或佣人必须要听得见，这是一件不可能的事情，几乎是不可能的。

但是叛逆不是在这个大厅里进行的唯一的事情：还有爱和哲学轮流在这里上演，没有任何方式的必要性和可能性，及时地、定期地，没有打断对方，好像他们之间有一个三人联盟，一个共同的协议，每个人都应该及时有序地相继给另一个人让位、让步。

我们现在来到第三幕。在这一幕，森普罗纽斯带着兵变的领袖来到统治者的大厅，但是卡托一走，在他面前表现得像一个无与伦比的无赖的森普罗纽斯发现自己像一个异乎寻常的傻瓜，是阴谋的共犯。

"森普：知道恶棍吧，当这种微不足道的奴隶吧，

犯有叛国罪，如果情节成功，

他们被忽略丢掉了；但是如果失败，

他们肯定死得像只狗，就像你也要死一样。

在这里，把这些派系的怪物，拖出来，

突然死亡。"

这是真的，事实上，第二个领袖说，这里除了朋友，没有别人。但是在这样的时刻可能吗？一伙无赖参与企图暗杀一个占领小镇的统治者吗？中午在他的房子里，在他们被发现并被打败之后，他们身边除了朋友没有别人吗？森普罗纽斯的这些话是简单的吗？

"在这里，把这些派系的怪物，拖出来

突然死亡——"

已发出命令，守卫就在门口，那些守卫都在耳边开枪？看呐，森普罗纽斯明显是发现了。那么他是如何通过，而不是被其余的守卫给绞死了？在统治者的大厅他仍然安然无恙，那里反政府的阴谋继续进行，这是一天中的第三次，和他的老战友西法克斯，在警卫们把头领带走的同时，谁进来了？这是一条打败森普罗纽斯的重大消息，虽然他这么快得到情报是很难想象的。现在，读者可能会有一个非常特殊的场景：没有丰富的精神，没有一个很大的热情，但是有智慧足以弥补所有的缺陷。

"森普。我的朋友，我们的第一个计划，已经证明是失败的；

不过仍然有后戏：

> 我的部队在增加，他们的努米底亚战马，
> 呼呼地吸着风，不久就冲过沙漠：
> 只有森普罗纽斯能带领我们作战，
> 我们冲破大门，马库斯派守卫驻守的地方，
> 砍出一条阻止我们前进的通道；
> 有一天会把我们带到凯撒的营地。
> 森普。混乱！我一半的目标都已经失败了；
> 玛西亚，迷人的玛西亚留下的。"

哦！尽管他告诉我们他一半的目标都已经失败了，但他没有告诉我们他也成功了一半。那他说这话是什么意思呢？

> "玛西亚，迷人的玛西亚留下的。"

他现在在她的房子里，从这出戏一开始，我们就既没有看见她，也没有听说过她在哪里。但是现在让我们听听西法克斯所说：

> "那么什么阻碍你找到她，
> 催她离开男人的力量？"

但是老西法克斯说找到她是什么意思？他们说的好像她是一只寒冷的早晨的兔子，很难找到她。

> "森普：如何得到许可进入？"

哦！似乎在那时找到了她。

"但如何进来的？因为
没有入口，只有朱巴和她的兄弟。"

但是，除了嘲笑，为什么接近朱巴？因为他作为情人既不被父亲，也不被女儿所拥有和接纳。哦！就让他过去吧。西法克斯立即让森普罗纽斯不再痛苦，作为努米底亚人，诡计多端，会有进入的策略，我相信不是那样的：

"西法：你应该有朱巴的衣服，和朱巴的警卫，
门会打开，当努米底亚的王子
在他们面前出现。"

看来在卡托的房子里，森普罗纽斯一整天被误认为是朱巴，在那里他们都很出名，借助朱巴的衣服和他的警卫；好像在凡尔赛宫，一个法国元帅在白天被误认为巴伐利亚公爵，因为穿着他的衣服和服装。但西法克斯如何假装帮助森普罗纽斯得到年轻朱巴的衣服？他以他的双重身份，作为上将和他的衣柜的管家吗？但为什么是朱巴的警卫？因为一些警卫的魔鬼已经让朱巴有所准备。哦！尽管这是一个强大的政治阴谋，然而，我想没有他，他们也可能做到。因为，自从西法克斯给森普罗纽斯建议：

"催她离开男人的力量。"

在我看来，最简捷最有可能接近这位女士的方法是撕掉而不是戴上不

恰当的伪装，去绕过两个或三个奴隶。但好像森普罗纽斯有另外的看法。他向天空颂扬老西法克斯的发明：

"森普：天堂！多好的一个想法呀！"

现在我吸引读者，如果我没有食言。难道我没告诉他，我会在他面前展示一个非常明智的场景？

现在展现在读者面前的是第四幕的一场，通过地点的统一这一不明智的惯例，这可能表现作者已经变得荒谬。我不记得亚里士多德曾经说过，任何事情都明确地与地点的统一相关。这是真实的，暗示他已说过的他为合唱所定的规则，因为，合唱是悲剧中的一个必要组成部分，开场之后，立即就到舞台上来，并一直保持到灾难发生。他的行动如此坚定，以至于对于作者来说，在希腊的舞台上，不可能打破统一。我认为，如果现代悲剧诗人在不破坏事件发展的可能下，能保持地点的统一，对他来说那最好不过了。正如我们上面已经注意到的，因为通过保持统一，他给这一展示增添了优雅、干净、清新。但是由于没有明确规则，我们没有强迫一定要保持统一，不像希腊诗人有合唱，我们没有合唱，如果统一不能被保存下来，没有让事件的很大一部分不合理和荒谬，也许有时可怕，那当然最好打破统一。

现在好人森普罗纽斯走来，他穿着滑稽，着努米底亚长裙，带着努米底亚护卫。请读者注意听，因为这些智慧的语言很宝贵：

"森普：小鹿被安顿了下来，我暗中跟踪了她。"

现在我真想知道为什么说这只鹿被安顿了下来，因为戏剧开始了，我们没有听到一句有关她离港的话。如果我们认为他和露西亚的交谈开始了这一幕，我们有理由相信，他们几乎没有在街上谈论过这样的事情。然而，为了取悦森普罗纽斯，让我们假设一次，那只鹿被安顿下来：

"小鹿被安顿了下来，我暗中跟踪了她。"

如果他在田野里见过她，什么场合他跟踪她，他后面跟着那么多努米底亚狗，只要他叫一声，就可能攻击她的臀部。如果他没有在野外看到她，他怎么可能跟踪她？如果他在街上看见过她，为什么他不在街上攻击她，因为她最终会被沿街带走。现在，不是考虑他的生意，考虑他目前的危险，不是想方设法与他的情人穿过她哥哥马库斯守卫的南大门，那里她当然要给他设个障碍，罗马词汇为"baggage"，与此相反的是，森普罗纽斯正用怪念头自娱自乐：

"森普：年轻的努米底亚人将怎样咆哮着看到
他丢失情妇！如果我的灵魂能高兴，
无法享受如此明亮的奖励，
对于那个年轻的快乐的野蛮人来说是一种折磨。
但是，听！什么声音？我希望那是他的死，
这是朱巴的自我！只有一种办法！
他必须被杀，通过他的警卫，
杀出一条通道。"

祈祷，那些看守他的人是做什么的？现在我认为，朱巴的警卫已经成为森普罗纽斯的工具，并已悬挂在他的鞋跟上。

但是，现在我们来总结一下所有的荒谬的言行。森普罗纽斯在正午出发，穿着朱巴的衣服，和朱巴的警卫们去卡托的宫殿，为了假扮朱巴，在他们两个都熟知的地方：他在那里碰上朱巴，决定用他自己的警卫谋杀他。当警卫表现出有点局促不安的时，他威胁他们说："哈！懦夫，你们颤抖！

或者像个男人，或者你在蔚蓝的天上！"但警卫仍然焦躁不安，森普罗纽斯自己攻击朱巴，而每个警卫都代表着旁观者先生的打哈欠的手势，令人生畏，被森普罗纽斯的威胁吓坏了。朱巴杀死了森普罗纽斯，并把军队变成自己的俘虏，带着他们胜利返回去见卡托。现在我想知道，是否贝斯先生的悲剧的任何部分都充斥着如此的荒谬呢？

听到剑的撞击声，露西亚和玛西亚赶来。问题是，听到统治者的大厅里的刀剑声，为什么没有男人赶来？统治者本人在哪里？他的警卫在哪里？他的仆人在哪里？就是这样的尝试，统治者本人离战争之地如此之近，足以向整个驻军报警；然而，将近一个半小时后，森普罗纽斯被杀，我们发现那些世界上最有可能被警报的人没有出现，刀剑声让两位可怜的本最应该远离那里的女人出现在场。当露西亚和玛西亚赶到时，露西亚出现了一个歇斯底里的贵妇人所有的症状：

> "卢克。当然是剑的撞击声！我不安的心
> 如此沮丧，淹没在悲伤中，
> 它恐惧地跳动，每一个声音都让它疼痛！"

她的脑海当中立即有奇妙的想法：

> "哦！玛西亚啊，你的兄弟，为了我的缘故——

一想到这些，我都吓死了。"

她想不可能有割喉，但一定是为了她。如果这是悲剧，我真想知道什么是喜剧。哦！就此，她们检查了森普罗纽斯的尸体，玛西亚出于习惯被迷惑了，把他误认为朱巴，因为她说：

"脸被衣服蒙上了。"

现在，一个人怎么能战斗？倒下时脸被自己的衣服蒙上？我想，是有点难以猜想。此外，在杀死他之前，知道他是森普罗纽斯，他知道这不是他的衣裳，他知道这是他的脸，因此，他的脸是被蒙上的。一看到这个被蒙上脸的男人，玛西亚就叫嚷起来。对这个期望中的死者充满激情，并开始做他的葬礼演说。当朱巴进来听时，我想踮着脚尖：我不能想象任何人可以用任何其他的姿势进来听。我真想知道事情的经过，那段时间，他谁也没派，甚至一个熄烛人也没派，以带走森普罗纽斯的死尸。哦！让我们认为他在聆听。让他了解这事之后，起初，他说些玛西亚对森普罗纽斯所说的话。但最后他发现真是大惊小怪，他自己是快乐的人，他不再偷听，贪婪地拦截着幸福，这是为一个不能因这事而更好的人设计的。但是我必须问一个问题：朱巴是如何来这里听的？整个这出剧谁以前都没听过？或者，当爱情和背叛在像大厅这样一个公共场合经常被谈论，为什么他是唯一听这出悲剧的人？恐怕出于荒谬，作者被迫只能介绍玛西亚这悲惨的错误，毕竟，这远低于悲剧的尊严，任何事情都是诡计的效果或结果。

让我们来到第五幕的场景。卡托首次出现在现场，坐在那里一副沉思状，他的手里拿着柏拉图的《论不朽的灵魂》，他旁边的桌子上有一把出鞘的剑。现在，让我们想象一下有这样的场景展现在我们的面前。这个地方，实际上就是一个长的大厅。让我们假定，任何人应该把自己置于这个姿势，在我们的大厅之中。他应独自出现，一副阴沉的姿态，在他旁边的桌子上有一把出鞘的剑；在他的手里拿着最近由伯纳德·林托特翻译的柏拉图的《论不朽的灵魂》。我希望读者考虑一下，是否有这样一个人会通过他们看见他成为一个伟大的爱国者，一个伟大的哲学家，或者一位将军，或认为自己是所有有些古怪的人，是否属于这个家庭的人会认为这样的人设计了他们的身体或者自己呢？

总之，卡托应该以上述姿势，在这个大厅中坐足够长的时间，读柏拉图的《论不朽的灵魂》，这是一个长达两个小时的演讲，他应该建议那是私人的场合，他应该对他儿子闯入而感到生气。然后，他应该借口离开大厅去睡觉，在自己的卧室给自己一个致命伤，然后又被送回大厅断气，纯粹是为了表现他良好的教养，告诉拯救他的朋友的麻烦，这一切对我来说似乎是难以置信的，不可思议的，不可能的。

这是丹尼斯的责难。正如德莱顿所说，也许是在他的玩笑中有太多的恶作剧，但如果他的笑话是粗糙的，他的论点就是有力的。然而，我们的爱应该是令人满意的而不是被教导的，《卡托》被阅读，评论家被忽略。

因为意识到这些行为中荒唐的行为，他后来攻击卡托的情绪，但是后来，他靠小小的吹毛求疵和极小的异议来消遣自己。

在爱迪生的小诗中，没有什么特别之处值得一提，没有必要雇用或是需要一个评论家来评论。在他写给科内尔的诗中，王子和神的平行出现，就相当于内勒总是快乐的，但太令人熟悉不足以被引用。

他的翻译，据我比较，缺乏学者的准确性。他明白作者的意图，这是不容置疑的，但他的版本不为别人所了解，因为太随便地改写成说明性的内容。然而，在大多数情况下，译文流畅而简单，译者的第一优点是什么，可能是让那些不知道原文的人满意地阅读。

他的诗歌精炼而纯洁，思想的产物太明智，不易犯错误，但没有足够的活力达到卓越的程度。他有时也有惊人的诗句或一个闪亮的段落。但总的来说，他温暖而不热情，表现出的熟练多于力量，然而他是我们中最早的正确性典范之一。

他贬低从德莱顿那里学来的诗歌的韵律，而不是使之更文雅。他的诗歌押韵往往是不和谐的，在他的田园诗里他承认他用的是断续的诗句。他既使用三联体也使用亚历山大诗行，在他的翻译中使用三联体比其他作品要更频繁。他似乎从未过多关注诗歌纯粹的结构，但他的《罗莎蒙德》诗句非常流畅，《卡托》的诗句过于流畅。

爱迪生现在被认为是一个评论家，一个当今的一代人几乎不愿意承认的名字。人们谴责他的批评为尝试性的或实验性的，而不是科学性的，并认为他是通过趣味而不是通过原则来评论的。

对于那些通过别人的劳动变得聪明的人来说，加上一点他们自己的东西，而忽略了大师，这是很常见的。爱迪生被那些可能从来没看到他的缺点的人所鄙视，但他提供他们光亮。当他认为现在有必要写作时，他就写作，这一点还没有被证实；他的教诲是如此之好，以至于让读者慢慢变得正派。现在在普通的谈话中流传的一般知识，在他的时代很少被发现。自称不学习的男人并不因无知而羞耻；在女性世界，与书打交道的人只有被责难。他的目的是通过未知的、无嫌疑的表达激发对懒散人和富有人对文学的好奇心。因此，他用最迷人的方式呈现知识，不是高尚的和严肃的，而是方便的和熟悉的。当他展示他们的缺陷时，他也告诉他们，他们可以轻易地改正。他的尝试成功了，探索精神被唤醒了，理解力得以扩大了。对知识优雅的模仿令人兴奋，并从他那个时代到我们自己这个时期，生活逐渐提高，交谈得到净化和扩大。

几年前，德莱顿毫不吝啬地批评他的《序言》，尽管他有时屈尊被人所熟悉，但是对那些刚入门学习，并发现不容易理解他们的大师的人来说，普遍认为他的态度太学究气。他的言论常被套上框架，与其说被那些仅仅阅读讨论的人，不如说被那些学习写作的人。

现在很缺像爱迪生这样的导师，他的言论是肤浅的，可能很容易理解、有充分的根据，可以为更多的成就做准备。如果他用系统的壮观和科学的严肃把《失乐园》呈现给公众，批评也许会受到赞赏，而这首诗仍然被忽视了；但通过温柔的花言巧语，他使弥尔顿受到普遍地喜爱，每个阶层的读者都很满意。

他现在降低身份，减少专题讲座；对切维切斯美的严肃的展示，让自己受到瓦格斯塔夫的嘲笑。瓦格斯塔夫赋予大拇指汤姆一个类似傲慢的性格，并藐视丹尼斯，丹尼斯认为他的批评是最基础的，切维切斯高兴，应该高兴，因为它是自然的，并且评论道，"有一种背离自然的道路，通过夸夸其谈或夸张，其高于自然，扩大图像以致超过它们的实际体积；通过装模作样，其摒弃自然，追寻不适合的事物；通过愚蠢行为，降低自然至模糊和缩小，遮蔽它的出现，并削弱其影响"。在《切维切斯》里，没有太多的大话或矫揉造作；但有冷酷和毫无生气的痴愚。这个故事不可能以一种能在头脑中产生更少印象的方式被讲述。

在当前人类深刻的观察者感到，比起爱迪生，他们的优越过于安全之前，让他们考虑一下他对《奥维德》的评论，里面可能会发现他的批评非常微妙和精炼；再让他们读读他的类似有关《才智》《想象的乐趣》的随笔，可以看出，他认为艺术基于自然，从人的头脑中固有的气质、技巧和优雅中获得创作的原理，而他的侮辱者就不会轻易得到这些。

作为生活和风俗的描写者，必须允许他站在也许是第一流之首。正如斯梯尔指出的，他的幽默是独一无二的，是如此快乐地扩散，给家庭场景和日常事情带来新奇的乐趣。他从不超越自然的谦逊，也不会因违背真理而增加欢乐或惊奇。他的人物既不因歪曲而使人分心，也不因恼怒而令人吃惊。他以如此逼真的方式复制了生活，以至于几乎不能说他是在创作，但他的作品有很本真的气息，很难相信它们仅仅是想象的产物。

作为一名智慧的教师，他可以自信地被追随。他的宗教里既没有热情也没有迷信，他既不无力地轻信，也不肆意地怀疑；他的道德既没危险的松懈，也没有不切实际的严格。所有幻想的魅力，所有论点的说服力，都用来向读者推荐他真正的兴趣，取悦他是作者的关注。真理有时作为一个视觉幻象呈现，有时作为半隐半现的寓言出现，有时会以华丽的长袍吸引关注，有时在理性的信心中前行。她着一千件衣服，每件都令人满意。

一千礼服，一千丰厚。

他的散文是中间风格的典范，对严肃的问题不正规拘谨，对轻松场合不卑躬屈膝，单纯而无顾虑，精确而无雕琢，总是性情温和而朴实无华，安逸随和，不华丽、不尖刻。爱迪生从来没有偏离自己的轨道而抢夺典雅，他不求雄心勃勃的饰品，不求危险的创新。他的作品总是明亮的，但从未在意想不到的光辉中燃烧。

避免所有的生硬和严重程度的用语是他主要的努力方向，因此有时他的过渡和连接是冗长的，有时他突然使用太多对话式语言；但如果他的语言已经不那么地道，可能会失去了其真正的英式英语味道。他想尝试的，他就去完成；他从不软弱，也不希望精力过于充沛；他既不急速，也从不停滞；他的句子既没有研究的幅度，也不影响简洁，他的期刊尽管避免圆滑，是健谈和易懂的。无论谁想要达到创作的一种英式风格，熟悉但不粗糙，优雅但不卖弄，他必须得日日夜夜好好研读爱迪生的书卷。

戴维·休谟

戴维·休谟（1711—1776年），出生于爱丁堡，受过法律方面的训练。他早期对哲学表现出很大的兴趣，因潜心致力于研究以至于损害了健康。他多次去法国旅游，与德阿朗贝尔、杜尔哥和卢梭关系甚密，并为卢梭在伦敦找到了一份养老金和一个临时的避难所。

休谟因其哲学著作而闻名于世，并继承了洛克的经验主义哲学及绝对怀疑论。他也著有八卷《英国史》，以及大量有关哲学、经济、种族及美学方面的论注和随笔。《论审美趣味的标准》这篇文章是他清晰的思考和令人钦佩的文体风格的典范。正如莱斯利·史蒂芬所说："他是英国18世纪最敏锐的思想家，也是思想倾向方面最合格的翻译家。"

论审美趣味的标准

世间盛行各种各样的审美趣味和对问题的各种各样的看法，这是人皆关注、显而易见的事实。见识极其狭隘的人在他交往的小圈子能发现审美趣味的不同，即使那个小圈子里的人受到完全同等的教育，持有一致的偏见，他们的审美趣味也会不同。而那些能够扩大视野去研究遥远的国度和远古人民的人，更是对这方面的千奇百异的对立矛盾惊讶不已。一旦他人与我们自己的趣味和鉴赏力相去甚远，便斥之为"缺乏修养"，但很快就发现别人也同样为此对我们嗤之以鼻。最后，就连傲慢自大、目空一切的人也会震惊地看到，各方面都是同样自以为是，在各种情绪的纷纭竞争中，也因相信自己一定正确而开始良心不安了。

虽说观察者不经意间就会注意到这种审美趣味上显而易见的差异，但是只要细细思量就会发现，实际的差异和表面的差异相去甚远。人们对各种类型的美和丑的感受互有歧义，但一般议论往往相同。每种语言里都有些表示谴责和赞赏的术语，用同一语言的人们必然会一致地应用它们。人们用优美、恰当、简明和生动表达众口夸赞的事物，用虚夸、造作、冷漠或浮艳表达一致谴责的事物。但一遇到具体例子，批评家们就不再众口一词，人们发现他们极尽所能对此持不同说法。在科学和理论问题上，情况则恰恰相反。在那些领域里，人们往往对一般的结论表现出差异性，而对具体的结论表现出一致性；实际的差异和表面的差异不是很大。把术语说清楚之后通常就没有什么争议了，论辩双方会惊奇地发现，他们一直为此争吵不休的事物最终在他们的判断下达成了一致。

那些发现道德基于感性而不是理性的人倾向于在感性中理解伦理，并坚持认为，在所有的有关得体的行为和举止问题上，人们之间的这种差异确实远远大于乍看时的样子。毋庸置疑，不同国家和不同时代的作家一致赞赏公正、人性、宽宏大量、谨慎、诚实，而谴责与之相反的品质。然而我们发现，即使其作品主要是为了满足人们想象的诗人和其他作家，从荷马到费内隆，也反复灌输同样的道德戒律，并赞赏和谴责同样的美与恶。这种伟大的一致性通常归因于纯粹理性的影响，在所有这些情况下，这种影响让所有的人都保持着相似的感受，并且防止了抽象的科学所招致的那些争议。至于这种真实的一致性，这个解释可以说是基本令人满意，但是我们也必须承认，在道德上看似和谐的某些部分可能是因为源于语言的本质。"美德"一词，每一种语言都意味着赞美，就像"恶习"都意味着谴责：有最明显和严重的不当行为的人会对这一术语加以谴责，对此的接受程度还是很理解的，或者给予热烈的掌声，在习语的要求上不以为然。荷马所表达的普遍戒律从未被反驳，但显而易见的是，当他刻画礼貌行为的特点时，用阿喀琉斯代表英雄主义，尤利西斯代表谨慎，他在前者身上混加比费内伦认为的更大程度的凶猛，在后者身上混加更大程度的狡猾和欺诈。希腊诗人笔下圣人尤利西斯似乎喜欢谎言和虚构，常常没有任何优势甚至没有必要就使用它们；但是在法国的史诗作者笔下，尤利西斯的儿子更为谨慎些，宁愿把自己暴露在最迫在眉睫的危险之中，也不愿背离真理和诚实。

《古兰经》的崇拜者和追随者坚持认为，在那些疯狂而荒谬的行为中点缀着优秀的道德戒律。但阿拉伯词语对应的英文：公平、公正、节制、温柔、慈善，应该是这种语言经常使用的，必须很好地使用。它也会证明最大的无知，不是道德，而是语言，除了那些掌声和赞扬，还曾提到过它们的绰号。但是，我们是否知道，假装的先知就真的达到正义的道德情操了吗？让我们关注他的叙述，而且我们很快会发现，他对这样的背叛、无情、残酷、报复、偏执等行为给予了赞美，这与文明的社会根本不相容。似乎没有一个稳定的权利规则值得关注。只要对真正相信其有用的人有益或有害，上述每个行为都会受到谴责或赞扬。

在伦理上表达真正的普遍戒律的价值确实很小。那些提出道德美德的人，真正做到的也只不过是道德本身所隐含的内容。那些发明了"慈善"这个词，并很好地使用它的人，比任何应该在他的作品中插入这样格言的伪装的立法者或先知都更清晰且更有效地对这一戒律进行言传身教——"做慈善"。

对我们来说，想找到一种"审美趣味的标准"，一种足以使人们各种感受协调一致的规律，是很自然的。至少，我们希望可以做出一个定论，肯定一种感受，否定另一种感受。

在我们有这样的企图时，有一派哲学破灭了所有成功的希望，断言是根本不可能获得审美趣味的标准。据那些哲学家说，判断和感受截然不同。所有的感受都是正确的，因为感受纯粹以自己为准，只要一个人意识到有所反应，那就是真实存在的。但是所有理智的绝并不都是正确的，因为它们参照了超越自己的东西、智慧，并以实际情况为准，显然它们并不总是都符合标准。不同的人对同一事物有千百种不同意见，其中只有一种，也只能有一种，是正确而真实的；唯一的困难是找到并且确定这种正确意见。相反，同一事物引起的千百种不同感受都是正确的，感受并不真实体现任何事物的内在属性，它只标志事物与人的心灵（器官或功能）间的一种一致状态或联系。如果这种一致状态的确不存在，那么任何感受都不会存在。美本身不是客观存在于任何事物中的内在属性，它只存在于鉴赏者的心里，不同的心灵感受到不同的美。有人可能感受为丑，而另一些人却认为美，每个人都应当承认自己的感受，而不是企图去对他人的感受加以纠正。寻找真正的美或丑，就和企图查明真正的甜或苦一样，纯粹是徒劳的探索。根据不同的感官，同一事物可能是甜的，也可能是苦的。有句谚语正确地告诉我们：对口味的争论是毫无结果的。把这个道理从对饮食的"口味"引申到对精神事物的"趣味"是很自然的，甚至是非常必要的。这样，我们就会发现，尽管在多数情况下常识与哲学，尤其对持怀疑态度的人有分歧，至少在这个问题上，二者的结论是一致的。

虽然上述道理，通过一句谚语，似乎已经得到了常识性的认可，但此外还有一种常识却肯定与之截然对立，至少是可以修改和约束它的。无论谁坚持说奥基尔比和弥尔顿，或者班扬和爱迪生在天才和优雅方面完全平等，人们一定会认为他是在大放厥词，就像他把摩尔山说成是和特内里费岛一样高，池沼说成和海洋一样广。尽管可能会有一些人更喜欢前两位作家，但他们的这种趣味也不会得到关注；我们将毫不迟疑地宣称这些伪批评家的感受是荒谬可笑的。虽然我们承认在这种场合下，我们把"趣味天生平等"的原则忘得一干二净，但我们得承认，在某些情况下，物体接近于平等，这似乎是一种奢侈的悖论，或者更确切地说是一种明显的荒谬，因为在这种情况下，其中的差距大相径庭。

很明显，任何写作规律都不是靠经验推断而制订出来的，也不能是对理性的抽象结论的理解，这点只需比较一下习俗和观念的永恒不变的关系。写作规律的基础和所有的实践科学——经验是一样的，它们是根据在不同国家不同时代都能给人以快感的作品总结出来的普遍性看法。谎言和虚构，夸张、暗喻和对术语的本质意义的滥用和曲解缔造了诗歌，甚至雄辩的美。要想制止这种奔放的想象力，将所有表现手法都归纳为几何真理和精确性，那将与批评法相悖，因为根据普遍的经验，这样产生的作品是最枯燥的，而且令人生厌的。尽管诗歌永远不能服从精确的真理，但它同时必须受到艺术规律的制约，这些规律是要靠作家的天才和观察力来发现的。如果有些作家写作心不在焉，不规言矩步，也能给人带来快感，那么决不是因为他们违背写作原则和规律而给人快感，相反，他们一定在其他方面符合公正批评的优点，这些优点足以压倒谴责，因此比起那些缺点所引起的厌恶，更使读者感到满意。作家阿里奥斯多常荒谬而凭空地编造故事，把严肃风格和喜剧风格混在一起，而且故事布局不衔接，叙述时常被打断，但是却很讨人喜欢。他因清晰的语言表达，合乎逻辑而富有变幻的情节发展，善于描写感情，特别是欢笑和恋爱的感情而使他魅力无穷；然而，他的缺点可能会使我们的满足感消失，却不能完全将它抵销。那么我们的快感果真来源于上文所述那些部分缺点吗？这对一般的批评是没有异议的。这只能说明那些认为其写作缺点应该永远受到谴责的具体批评条例不能成立，是建立在错误的基础上的。如果给人快感没有错误，那么产生快感的方式就永远是如此出乎意料和不可理解的。

尽管所有的艺术规律都是建立在经验的基础上，在观察人类本性的共同情感的基础上，但我们绝不能认为，在任何情况下人类的情感都能与这些规律达成一致。有些思想中更细腻的情感是非常温柔而微妙的，需要在许多有利条件的结合之下才能根据普遍既定的原则自由发挥，精确无误。那些更细致的情感，天性温柔而脆弱，需要许多有利环境的共同作用，使它们根据自己的普遍原则和既定原则，发挥其功能和准确性。它们就像机器里的小弹簧，哪怕最小的内部障碍或最小的外部障碍都会干扰它们的运动，并使整个机器的运转陷入混乱。当我们做这种自然的实验时，借助任何美或丑的力量时，我们必须谨慎地选择适当的时间和地点，并把幻想带到合适的情境和状态上，即一种完美的心灵宁静，一种思想的高度集中，一种对客体应有的关注；如果有一种这样的情况不具备，我们的实验都将是错误的，我们将无法判断天主教和宇宙的美——真正普遍意义上的美。自然在形式和感受之间所建立的关系至少会因此变得更加模糊，需要更大的准确性才能发现和认识。我们要想确定它的影响，不能只根据个别的美所产生的效果，主要还应该根据对那些作品持久的欣赏，毕竟它们是在所有的社会风气和时尚的反复无常变化中，所有的无知和嫉妒的错误中留存下来的。

同一个荷马，2000 年前在雅典和罗马受人欢迎，现在仍然在巴黎和伦敦受到推崇。所有的气候变化、政府、宗教和语言的变化，都无法掩盖他的荣耀。权威或偏见可能会令一个糟糕的诗人或演说家红极一时，但他的名声不会永远长久。当他的作品被后人或外国读者审视时，其魅力就消失了，其错误也就原形毕露。相反，对一个真正的天才来说，他的作品越是能经得起时间的考验，越能广泛传播，越能受到衷心的赞美。羡慕和嫉妒在一个狭窄的圈子里往往会占突出地位，甚至熟悉他的人也会因为他的表现而减少对他创作的欣赏。但是，一旦这些障碍被移除，那些自然被用来激发快感的美，立刻就会显示出它们的能量；只要世界永存，它们在读者中的威信就将永垂不朽。

这样看来，在各种各样的审美趣味中，有一些普遍的褒贬原则的影响在心灵感受所起的作用，经过仔细地探索最终都能找到。根据人类内心结构的原始条件，某些特殊形式或品质应该能引起快感，其他一些则引起反感。如果在某个特殊场合没有能造成预期的效果，那就是因为感官本身有毛病或缺陷。发烧的人不会坚持自己舌头还能品尝食物的味道；得黄疸病的人，也不会假装对颜色作出判断。在每一个生物中，都有健全和失调的两种状态，而前者本身就可以为我们提供一种真正的趣味和情感的标准。在感官健全的状态下，如果人们的感受有一种完整或相对的一致性，那么我们就可以从中得出一个完美的概念。就像在阳光下的物体，在健康人的眼中，以其真实的颜色来表现，即使色彩只是一种感官的幻觉。

内脏器官有许多不断发生的毛病，可以阻止或削弱那些普遍原则的影响，这取决于我们对美或丑的看法。虽然通过人类精神的结构，有些物体能自然地给人以快乐，但如果说每一个人都会同样地感受到这种快乐，这不是意料之中的。要么给物体投上虚假的光，要么阻碍我们的想象感受，或者觉察到真实的光亮，这些特定的事件和情境都会发生。

为什么许多人感觉不到美呢？一个显而易见的原因就是没有敏感的想象力，这正是传递这些更美好和细致的情感的必要条件。每个人都佯装有这种敏感：每一个人都在谈论它，并且会将每种趣味或感受都归纳到它的标准之下。但是，既然本文旨在讨论审美趣味的感受和一定程度的理解之间的关系，因此，我们应该给出"趣味"一个迄今为止比别的作家所做的更准确的定义，这也是再正常不过的。我们不探究太深刻的哲学来源，我们将会以《堂吉诃德》中的一个著名故事为证。

这是有充分理由的：一次桑丘对那位大鼻子的乡绅说，"我会品酒，这是我们家族世代相传的本领。有一次我的两个亲戚被人叫去品尝一大桶酒，据说是上等的陈年好酒。一个人尝了以后，咂了咂嘴，经过一番仔细考虑说：酒是好酒，可惜他尝出里面有一股皮革味。另一个人同样品了一下，也说酒是好酒，但他能很容易地辨识出一股铁味。你想象不到他俩因此受到别人多少嘲笑。但是谁笑到最后呢？等到把桶倒干了之后，发现桶底原来有一把旧钥匙，上面拴着一根皮带"。

这个故事告诉我们一个道理，食物的口味和精神的趣味是非常相似的。可以肯定的是，美丑比起甘苦来，不是物体的内在品质，而是完全属于内在或外在的感情。我们必须承认，在事物中有一定的品质，这些品质是由自然所赋予而产生了上述这些特定的感觉。这些品质所占比重很小，或者可能会相互混淆。通常我们的趣味感受不到过于微小的品质，或者在混乱的状态下辨别出每种个别的味道。如果器官细致到可以感知到世间任何味道，口味敏感，无论我们是用字面的饮食原意，还是隐喻的方式来使用这些术语。在这里，美的一般规律就起作用了，因为它们是从确定的范例和观察一些集中突出体现快感和反感的对象里得出来的。在一篇完整的文章中，如果同样的品质所占比重又很小时，某些人感官的愉悦或不安未受到影响，我们就不会说这人趣味敏感。要产生这些一般规律或创作的公认典范，就像找到那把拴皮带的钥匙一样，这就证明了桑丘的亲戚们的判断，也使那些对他们嗤笑的"品尝家"感到困惑不已。尽管酒桶从未被倒干，一位亲属的口味仍然是敏感的，而另一种同样是迟钝糊涂的。但事实证明，要让所有看热闹的人都服气前者比后者高明，那就要困难得多。虽然我们没有使写作的美条理化，没有把它归纳成普遍规律；虽然我们还没有任何被认可的美的典范，但是高低不同的趣味仍然存在。一个人的鉴赏能力比另一个人的强，这是一个普遍真理。但是，要让这个不好的评论家缄口不言并不容易，因为他总是坚持自己的观点，拒绝接受他对手的判断。但当我们向他展示一种艺术的原理时，当我们用例子来说明这个原理的时候，也就是用一些根据自己的趣味他也承认能够用这条原理发生作用的时候，然后当我们证明同样的原理适用于当前的情况时，他没有察觉或感受到当前讨论的对象的影响。总的来说，他必须得承认问题在于他自己，因为他缺少的是那种使他在任何作品、任何言论中都能对美和丑感到敏感的能力。

大家公认，每种感官或能力的完善使人准确感觉到最细小的物体，不允许任何东西逃脱它的注意和观察。眼睛能感觉到的物体越小，器官越精致，其制作和组成就越复杂。强烈的调味品试不出好的味道，而一种混合的小食材才能品出好的味道，因为我们对每一部分都很敏感，尽管它是那样的微量并与其他的部分混淆。对美和丑的快速而敏锐的感知必须是我们的心理趣味的完善。一个人也不能对自己感到满意，因为他怀疑话语中他无法观察到的任何优点或缺点。在这种情况下，人的完美与感官，或者感觉的完美就达到了统一。在许多场合，一个非常微妙的味觉给他和他的朋友带来巨大的不便。但是，一种微妙的智慧或美感必定是一种良好的品质，因为它是人类敏感的本性中所有最美好和最纯洁的快乐的源泉。在这一结论中，全人类的情感都得到了认同。只要你能确定一个美好的趣味，肯定会得到赞许，确定它的最好方法是诉诸于那些由国家和时代达成一致和日积月累建立起的模式和原则。

尽管人和人之间在微妙之处有一种自然而然的迥然不同，但是没有什么比一个特定的艺术实践，以及对一个特定种类的美进行频繁地研究和思考更能增加和改善这种天赋。当某类客体初次被呈现在眼前或想象中，伴随而来的感受是模糊和混淆。在很大程度上，心灵是不能讲述相关的优点或缺点的。这种趣味不能感知作品的优点，更不会区分每个优点的特性，并确定其性质和程度。如果一般地思想把整个看作是美或丑，这能预期最大限度，甚至对于这种判断，一个生手易于表达犹豫，以及有所保留。但允许某人在这些客体中获得经验，他的感觉会变得更加准确和美好：他不仅觉察到了每一部分的美和丑，而且标记出每一种品质的区别，并赋予它适当的赞扬或责备。一个清晰明显的感受使人参与客体的整个观察过程，他发现了每一部分认同或不满的程度和种类都是自然而然产生的。他看出似乎以前悬浮在客体上面的云雾已消散：在这种作用下，感官精益求精，每种作品的优点不能产生危险或错误。总之，任何工作付诸实践而产生的相同的谈吐和敏捷，在判断它的过程中，也会用同样的方法获得。

因此，对于美的识别的实践是如此有益，以至于在对任何重要工作给出判断之前，每一单个作品都比我们以前的一次研读要好，从不同的角度关注与思考进行评判，是必不可少的。在初次读到任何一篇文章时，会有一种震颤或匆忙的思想，并混淆了真正的美感。各部分之间的关系不清楚；真实的人物风格毫无区别。几种优点和缺点似乎都包裹在一种混乱之中，并且在想象中表现得很模糊。更不用说，有一种美，因为它华丽肤浅而首先给人快感，但读者发现与其理性或激情的公正表达不相容，很快就会失去审美趣味，然后就不屑地拒绝，至少给予一个较低的评价。

没有经常对优点的种类和程度进行对比，估测其相互的比例，就继续思考任何美的顺序，这种实践是可行的。一个没有机会比较不同美的人，他是完全没有资格对呈现在他面前的任何客体发表言论的。单单通过比较，我们就能修正赞赏或指责的词语，并学会如何分配每个词汇应有的程度。最粗糙的局部修改一种色彩的光泽和精确的模仿，这是某种程度上的美，而且会影响到一个最令人钦佩的农民或印第安人的心灵。最粗俗的民谣并不完全缺乏和谐或自然；除了深谙至美的人，谁都不会宣称它们的构思严格或叙述无趣；最卑微的美给深谙至美的人以痛苦，因此被称为畸形，因为我们所熟悉的大部分完整客体应该已经达到了完美的顶峰，并享有最高的赞誉。一个习惯于阅读、审视和衡量被不同的时代和国家加以欣赏的作品的人，只能用他的观点对所展示的作品的价值进行评价，对这些天才的作品进行适当地分级。

但是为了使批评家能够更充分地完成这一任务，他必须使自己排除杂念，保持心无旁骛，只能思考他正在研究的作品。我们可以看到，为了对心灵产生应有的影响，必须从一定的角度来研究每一件艺术作品，而不能被那些本身或真实或想象的情况与作品所需不相符的人来鉴赏。一个演说家对一群特定的观众发表演说，必须考虑观众特定的才华、兴趣、意见、激情和偏见，否则他控制他们的决定并激起他们的情感的希望就会落空。他们甚至本应该考虑一些反对他的意见，无论多么不合情理，他绝不能忽略这个缺点；但是他进入主题之前，必须努力赢得他们的感情，并获得他们的好感。为了对这篇演说有一个真实评判，研读这篇演说的不同时代、不同国家的评论家，对所有这些情况必须做到心中有数，必须从观众的角度设身处地考虑。同样地，当向公众发表任何作品时，尽管我本应该与作者有一种友谊或敌意，我必须撇开这一情况，考虑到我自己是一个一般意义上的人，如果可能的话，忘记我个人的存在，以及我的特殊情况。一个受偏见影响的人，不符合这种条件，但固执地保持自己的自然立场，不把自己置于表现所设想的那种境地。如果作品需要面向不同时代、不同国家的人，他对他们独有的观点和偏见不加考虑。但是，作品里充满了他自己的时代和国家的风俗，轻率地谴责那些说话有计划的人眼里似乎令人钦佩的东西。如果作品是为公众完成，他从未充分提高他的理解，作为竞争对手或评论员忘记了自己与作者有一种友谊或敌意。通过这种方式，他的情绪是反常的，同样的美和丑也没有对他产生同样的影响，好像他把适当的暴力施加给他的想象力，并暂时忘了自己。到目前为止，他的审美趣味明显偏离了真正的标准，结果失去了所有的信用和权威。

众所周知，在所有提出的有关理解的问题中，偏见对公正的判断具有破坏性，歪曲了所有智力能力的作用：它既不与好的趣味相背离，也不会对我们美的情操起很大的破坏作用。在这两种情况下，检验它的影响都很有意义的。而在这方面或者其他方面，如果理性不是趣味的一个重要组成部分，至少是后一种能力的必要条件。在所有崇高的天才作品中，都存在着相互的关系和对应的部分。他的思想也不够宽广，无法理解所有的这些部分，并将它们与彼此进行比较，他便无法感知整体的连贯性和一致性。每一件艺术作品也有一定的要为之考虑的目标或目的，因为它或多或少适合达到这一目的，被认为或多或少是完美的。通过激情和想象力的各种手段，雄辩的目的是说服，历史的目的是教训，诗歌的目的是怡情。在我们看来，当我们研读任何作品时，我们必须不断地实施这一目的，而且我们必须能够判断把使用的方法运用到各种目的上会产生什么效果。此外，每一种创作，即使是最富有诗意的，也只不过是一连串的命题和推论，并不总是真正地最公正、最精确的，但仍然是似是而非的，无论被想象的色彩怎样掩饰。悲剧和史诗当中的人物，必须是通过推理、思考、总结和表演表现出来，并且符合他们的性格和环境；没有判断、趣味和虚构，诗人永远不能指望在如此精巧的作品中获得成功。更不用说，这种有助于理性改进的同样才能的卓越，同样概念的清晰，同样区分的正确性，同样忧虑的鲜明性，对于真正的趣味实践都至关重要，而且是其必然伴随的。一个通情理的，在任何艺术上都有经验的人，不去判断它的美；而与一个没有良好的理解力只有趣味的人相遇也不足为奇。

因此，虽然趣味的原则是有普遍意义的，完全（或基本上）可以说是人同此心，心同此理；但真正有资格对任何艺术作品进行评判或将自己的感受确立为审美标准的人还是很少的。内心感官很少发展到完美状态，使上述的一般原则可以充分发挥作用，并且产生与那些原则相对应的感觉。它们不是在本来有缺陷的情况下起作用，就是一时被某种疾病所损害，因而只能激发一种可能错误的感受。如果批评家不敏感时，他就不会有任何区别力，只会受到那些比较粗陋显著的品质影响：没注意也忽略了更细微的笔触。在没有实践训练的情况下，他的结论是令人困惑和迟疑的；在没有比较的情况下，最轻佻的美女，其实应该算作缺陷的"美"是他崇拜的对象。他在偏见的影响下，所有的自然情感都被扭曲了；在判断力不强的情况下，他就没有资格去辨别最优秀的最高的设计和推理的美。大多数人总不免要有某些或其他的几种缺点，因此，即使是在最文雅的时代，能对高级艺术作出正确评判的人也是罕见的。只有强烈的感受与敏锐的情感相结合，通过实践训练加以改进，通过比较而进一步完善，最后消除所有偏见，只有这样的人才配得上批评家这个重要的称号。无论在哪里找到这些批评家，如果他们有共同的评判标准，那就是审美趣味和美的真正标准。

但是到哪里去找这样的批评家呢？他们有什么显著的特征呢？如何把他们同冒牌者区别开来？这些问题是令人尴尬的，在创作这篇文章的过程中，我们一直在努力摆脱困惑，但似乎又让我们回到了同样的不确定之中。如果我们把事情考虑得很清楚，就会发现这些都是事实的问题，而不是感受的问题。某一特殊人物是否具有良好的判断力和敏锐的想象力，是否不受偏见的影响，常常会成为争论的焦点，难免为此谈论一番。但是，这样一个人物是非常重要的而且值得尊敬的，全人类都认同的。一旦出现这些疑问，人们所能做的不过是采取处理一切理性争端的办法：他们必须拿出能提出的最有力的论据；他们必须承认，一个真实而有决定性的标准的确存在，即真实的客观存在；他们必须与别人一样对这个标准有不同的看法。如果我们已经证明，人的趣味并不相同，有高有低；证明通过公众舆论的承认，有些人，不论多么难以找到他们，在普遍感受上比别人更有优先权和权威，那就足以满足我们现在对本文要说明的问题了。

实际上，即使发现具体的审美趣味标准有一定难度，也不像它所表现出来的那样大。尽管在猜测中，我们很可能会坦率承认科学有一个明确的是非标准，而感受没有这样的是非标准，但在实践中发现前者的问题比后者更难以确定。抽象哲学的理论，深奥的神学体系，在某个时代盛行。在接下来的一段时间里，这些都将过时了。一旦发现它们已是荒谬的，人们就会用其他的理论和体系取而代之，然后又让位给新的理论和体系。没有什么比这些虚假的科学论断更容易受到机会和风气的革命影响；雄辩和诗歌的美的情况则完全不一样。激情和自然的恰当表达，在一小段时间之后，就能赢得公众持久的赞赏。亚里士多德和柏拉图、伊壁鸠鲁和笛卡尔相继出现，推陈出新。但台伦斯和维吉尔则能永远无可争议地占据人类的心灵。西塞罗的抽象哲学早已失去了它的声望，但他雄辩的言辞仍然值得我们钦佩。

虽然审美趣味敏感的人很罕见，但是人们很容易在社会上把他们辨识出来，因为他们见解高明、能力卓越。他们对任何天才作品的赞赏都因他们所获得的推崇而盛行起来，并使其在大众中占主导地位。许多人，如果只依靠自己，有一种模糊而令人怀疑的美，但是一旦有人指点，哪怕是轻微一点，他们都能欣赏。一个人对真正的诗人或演说家的崇拜，会带动更多的人对他们的崇拜与追随。虽然一时会有各种偏见，但他们从未联合起来推出一个对手和真正的天才竞争，但最终会屈服于自然的力量和正当的感受。因此，尽管一个文明的国家很容易一时选错受人尊敬的哲学家，但他们从未长期选错过所喜爱的某一篇脍炙人口的史诗或某一个悲剧作家。尽管我们努力确定审美趣味的一个标准，调和人类不一致的理解力，但是仍有两个差异的来源，虽说不能混淆了美与丑的所有界限，却可以在影响我们赞赏和指责的程度上起着产生差异的作用。一个是具体人的不同气质，另一个是我们这一时代和国家的具体习俗与观念。在人类的本性中，审美趣味的普遍原则是一致的，人在判断上的不同之处在于，通常会有一些鉴别力上的缺陷或曲解，产生的原因要么是偏见，要么是缺乏实践，或者是缺乏敏感，最后还有一个正当理由肯定一种趣味，否定另一种趣味。但如果内部结构或外部环境中存在这样一种多样性，而双方又都是完全无可指摘的，并且没有给对方一个优先选择的余地，在这种情况下，判断的多样性是不可避免的，最终我们只能是徒劳地寻求一种共同标准来调和相反的感受。

充满激情的年轻人更容易受到那些多情的、温柔的形象的感染，而年岁稍长的人则比较喜欢在对修身处世和克制情欲等智慧和哲学的思考中寻求快乐。20岁时，奥维德可能是最受欢迎的作家；40岁时，是贺拉斯；也许50岁就是塔西佗了。在这种情况下，要我们从自己的天性中剥离出来，进入他人的感受之中，只能是徒劳了。选择我们最喜欢的作家就如同选择朋友，气质和性格要相一致。欢笑、激情、感受或思考等因素，无论哪个在我们的气质中最重要，它都会让我们与我们最喜欢的作家产生一种特殊的共鸣。

甲喜欢崇高；乙喜欢温柔；丙喜欢开玩笑；丁对丑很敏感，勤于改正；戊追求美，为了一个崇高或动人的形象可以宽恕二十种荒谬和缺陷；己的耳朵利于听取简明洗练的语言；庚喜欢丰富、华丽、和谐的表达；辛喜欢简单；壬喜欢点缀；也有人喜欢喜剧、悲剧、讽刺诗和颂歌。每个人都认为自己喜好的体裁高于其他的写作形式。这显然是一个批评家的错误，因为他只赞赏一个体裁或写作风格，而谴责所有其他的东西。但是硬要我们放弃那种适合我们的特定气质和性格的偏好，也是几乎不可能的。

这样的偏好是无辜的，是不可避免的，而且永远不能合理地成为争议的对象，因为根本没有解决这类分歧的任何共同标准。

出于同样原因，在阅读过程中，比起那些喜欢不同风俗习惯的描述和人物来说，我们总是更喜爱那些类似我们时代和国家的描述和人物。我们要甘于接受古代礼仪的淳朴，看见公主们自己从泉水里取水，国王和英雄们也在自己烹制食物，这些也着实会让我们费些力气。我们一般认为，这种描写行为不是作家的过错，也不是作品中的残缺，但是阅读时，我们也并没有被他们所深深感动。因此，喜剧从一个时代或一个国家转移到另一时代或一个国家，没那么容易。法国人或英国人对台伦斯的《安德罗斯的妇人》或马吉阿维利的《克丽蒂亚》不是很欣赏，因为在那两个剧本里，全剧的主人公那位美丽的女士从来没有出现在观众面前，但却总是躲在幕后，这与古希腊人和现代意大利人的气质相配。善于学习和思考的人可以体谅这些风俗的特殊性，但是，普通的观众永远也无法摆脱他们一贯的想法和感受，而去欣赏那些与他们完全不一样的场景。

但是这里需要反思，这也许对研究古代和现代学习的著名争论方面很有用：那里我们经常发现一方使在古代看似的荒谬兔干古代风俗的束缚，而另一方则拒绝承认这个借口，或者至少承认这只是对作者的道歉，而不是对其作品的道歉。在我看来，这个问题的适当界限很少在争辩的双方之间得到解决。一旦如上述提到的习俗的任何无伤大雅的特点被展示出来，它们当然必须得到承认。因它们而震惊的人，给予这些虚假的精美和优雅以明证。诗人的《纪念碑比黄铜更耐用》，一定像普通砖或黏土一样落到地面，人们对于风俗习惯的不断革命是不留余地的，并只承认适合时下流行的事物。难道因为祖先的翎颌和鲸骨圆环，我们就一定要抛弃我们祖先的形象吗？但是如果道德和风俗的观念从一个时代到另一个时代都在变化，邪恶的风俗被描述，而没有被标记上指责和非难的正确特征，这就必须被允许去破坏这首诗，并且成为真正的丑？我不能，我也不合适有这样的感受。但因为诗人那个时代的风俗，我可以原谅他，但我永远不能欣赏他的作品。由几个古代诗人有时甚至是荷马和古希腊的悲剧作家刻画的人物，显而易见地缺乏人性和礼仪，这大大削弱了他们崇高巨作的价值，使现代作家比他们更胜一筹。我们对于这样粗糙的英雄命运和情怀不感兴趣，我们也不喜欢看到如此混淆的罪恶与美德的界限。因为作家的偏见，无论我们可以给作家什么样的纵容，我们都无法说服自己理解他的感受，或者对于我们清楚地发现有过失的人物产生感情。

道德原则的情况与任何推测性的观点是不一样的，这些都在不断地变迁与变革。儿子从父亲那儿接受一个不同的系统，在这一点上，几乎没有人敢吹嘘这个特性的稳定性和统一性。在任何时代或国家的高雅著作中可能看到任何思考的错误，而且这些错误对这些作品的价值几乎没有影响。但需要有一种思想或想象力的一定转变，使我们接受当时流行的所有观点，欣赏源于它们的感受或结论。

但是要改变我们对风俗的判断需要极大的努力，并激发赞赏或责备，爱或恨的感受，这与那些从长期习惯中所熟悉的思想不同。如果一个人根据他的判断，对道德标准操行端正很有自信，他无疑是有嫉妒心的，但为了贴合任何作家，暂时不会曲解他内心的情感。

在所有思考的错误中，有些认为宗教是天才作品中最可以被原谅的错误，但是也不允许对任何人，甚至是个人，以其神学原则的粗劣或文雅的态度来评判他们的文明或智慧。在日常生活中指引着人们的同样准确的感觉，在宗教事务中是没有被在意的，而这些事情本应完全置于人类理性的认知之上。为此，所有的神学异教系统的荒谬必须被每一个评论家所忽视，他们会假装从古代诗歌中形成正确的观念。同样地，我们的子孙后代也必须同他们的祖先有相同的嗜好。任何一个宗教的原则都不可以归咎为任何诗人的错误，而它们仅仅是原则，并没有那么强烈地占据了他的心灵，以致使他处于偏执或迷信的归责原则下。如果这一切发生，它们会混淆道德情操，并改变恶习与美德的自然界限。因此根据上述原则，它们是永恒的污点，也不足以证明这个时代的偏见和错误观点。

对罗马天主教来说，要激起对其他所有崇拜的暴力仇恨，并将所有的无宗教信仰者，伊斯兰教徒，异教徒作为神的愤怒和复仇的对象，这是至关重要的。这种情感虽然在现实中是非常容易被谴责的，但却被那个宗教团体的狂热者看作是种美德，并在他们的悲剧和史诗中代表一种神圣的英雄主义。这种偏见已经使法国两部非常好的悲剧《波里厄克特》和《阿达莉》面目全非，对于特殊的崇拜方式狂热的热情引起了所有浮华的想象，形成了英雄的主要特征。

"这是什么？"崇高的贞德对乔萨拜特说，当发现她在同巴阿尔神父马当交谈时，"大卫的女儿同这个叛徒说话了？恐怕大地也应该开放并倾吐火焰吞噬了你呢，或者恐怕这些神圣的墙会倒塌把你撞碎，难道你不害怕？他的目的是什么？为什么上帝的敌人来这里毒化了我们呼吸的空气？"在巴黎大剧院，这种情绪获得热烈的掌声；但在伦敦，观众会非常满意地听到阿喀琉斯告诉阿伽门农，在他的额头上有一只狗，在他的心中有一只鹿，或者如果朱诺不安静，朱庇特用惨败的声音威胁她。

当宗教原则上升到迷信，进入自己的每一个感受里，再高雅的作品中都是污点，无论与宗教联系有多远。对于诗人，这没有借口，其国家的风俗——很多宗教仪式和纪念活动使生活负荷，生活中没有哪一部分免于这种束缚。彼特拉克把他的情妇"劳拉"比作"基督耶稣"，这永远是非常可笑的；快乐的浪荡子薄伽丘，因为全能的神和女士们帮助他防守敌人，他非常认真地感谢他们，这也不是不可笑的。

塞缪尔·泰勒·柯勒律治

　　塞缪尔·泰勒·柯勒律治（1772—1834年），德文郡一位牧师的第十个孩子，当代英国才子中最杰出的成员之一。

　　他一生致力于文学与哲学，但由于自身意志的薄弱，以及缺乏实践，使他和他的家庭不得不依靠朋友和资助者们的帮助。在诗歌领域，他确立了其主要浪漫派诗人地位，自己的佳作也一直站在前沿领域。但是他总习惯于做一些伟大的计划，然后再将它们在付诸实施之前遗弃；而且对于自己的资助者们，不管他们身份有多特殊，他也从来不履行自己的诺言。

　　他主要的散文作品则涉及到哲学及美学方面。他是将康德哲学思想引入英国的第一人，也是文学批评的领军人物。很可能从来没有一个莎士比亚的翻译者能将其剧作中的人物诠释出这么多极富穿透力而又令人印象深刻的启发，而在他现有的散文中也展现出了对哲学的深刻见解以及对艺术基本原则的运用。

论诗歌或艺术

人通过发音进行交流，更为重要地，通过耳朵记忆进行交流；自然是通过眼神和表面的印象进行交流，通过眼睛，自然赋予了声音、气味等以意义，以及记忆的条件或被记忆的能力。现在，总体用来表示绘画、雕塑、建筑和音乐的艺术，是人与自然之间的仲裁者和协调者。因此，就是这些人性化的自然的力量将人类的思想和激情注入到他沉思的对象上；颜色、形式、运动和声音是艺术结合起来的元素，艺术以一种道德观念的形式把它们统一起来。

写作是首要的艺术。说它首要是因为，如果我们考虑从实现它的不同方式中概括出来的目的，这些在文明的较低程度上仍然能看得见进展的步骤为：首先，有单纯的手势；之后念珠或贝壳；接着画面语言；还有象形文字，及最后的字母。这些都由人转化成自然，有形地取代声音的组成。

所谓的野蛮部落的音乐，虽然耳朵保证其为音乐，但在理解上配不上"艺术"这一名称。其最低的状态仅仅是由激情本身需要的声音而表达的激情，最高状态是在缺少引发原因的状况下达到这些声音的自发再现，因此达到对比的乐趣——例如，在安全和胜利的歌曲中，通过各种战争的呐喊来表达。诗歌也是纯粹的人类艺术，因为所有的材料都来自心灵，所有的诗歌创作产物又都为心灵服务。但它是前一种状态的典范，诗歌中，结合力量的激情本身就模仿了秩序，而秩序产生了一种愉快的激情，因此它通过使自己的感觉成为反映的对象而提升了思想。同样地，当诗歌唤起那些与最初激情相伴的情景和声音时，诗歌使他们产生了一种兴趣，不是让他们自己，而是通过激情，然后再通过使所有不同的图像都作用于人类灵魂的力量平静下来的方式，缓和激情。这样，诗歌是艺术的准备，因为它本身就利用自然的形式去唤起、表达和修饰心灵的思想和感受。

然而，诗歌只能通过有声言语的介入起作用，有声言语是人类特有的，在所有的语言中，它由对比区别人与自然的普通短语组成。这是单词"残忍的"原始力量，即使"无声的""哑巴的"不能表达声音的缺失，但能表达有声言语的缺失。

一旦人的心灵只有通过有声言语的外在形象被清楚地表达，艺术很快就开始。但请注意，我特别强调这一短语"人的心灵"——意思是，排除所有人和所有其他有知觉动物的共性结果，从而把自己的心灵限制在由动物的印象与心灵的反射能力的一致性所产生的结果；因此，不是被呈现的事物，而是被事物重新呈现的事物，将是快乐的源泉。在这个意义上，对一个宗教观察者来说，自然本身就是上帝的艺术；出于同样的原因，艺术本身可能被定义为一种思想和事物之间的中间品质，或者像我之前说的，那是人类独有的与自然的统一与和谐。它是思想中富有文采的语言，通过把所有的想法或观点统一起来而有别于自然的。如果我们能看到在整体和部分中呈现的思想，那么自然本身会给我们一件艺术作品的印象；当一件艺术作品充分传达思想，由它在统一中所持有的不同部分比例协调，那么这件艺术作品就正合适。

因此，如果"无声的"一词不被作为是声音的反义词，而是有声言语的反义词，那么总的来说，对绘画的古老定义实际上是对美术的真实和最好的定义。也就是说，无言的诗歌当然是诗歌。由于所有的语言都是通过辨别本来意义相近词的过程来逐渐完善自己，所以我希望用"诗歌"这个词来作为通用的术语，并区分出诗歌的种类，而不是用通常的"无言的诗歌"来写诗；而在共同形成美术的所有其他种类中，还保持这种共同的定义——也就是，像诗歌一样，表达源于人类心灵的智力目的、思想、观念和情绪——不是像诗歌那样，通过有声言语完成；而是像自然或神圣的艺术，通过形式、颜色、大小、比例或声音，无声地或音乐般地来表达。

噢！可以说，但谁曾想过不同方面？我们都知道艺术是自然的模仿者。而且，毫无疑问，如果所有人都认为"模仿"和"自然"意思一样的话，我希望传达的事实是贫瘠的真理。但是一般说来，它在奉承人类，认为事实如此。首先，说说模仿。蜡像不是模仿，而是一个密封的复制，其本身是一个模仿。但是，进一步说，为了形成一个哲学概念，必须寻求同类例子，就像冰里的热，看不见的光，等等，而出于实用的目的，我们必须有一定的参考。从哲学上说，我们都知道，在所有的模仿中，两个元素必须共存，不仅共存，而且必须被视为共存，那也就足够了。这两个构成要素似是而非，大同小异，在所有真正的艺术创作中，必须有这些异类的统一。艺术家可以坚持他喜欢的观点，只要预期的效果是明显的——差异中有相似，相似中有差异，求同存异。如果没有检查出任何的差异，就有相似的性质，其结果是令人厌恶的，错觉越完整，效果越令人讨厌。为什么像男性和女性的蜡像人物这种对自然模仿如此令人讨厌？因为找不到我们预期的动作和生命，我们被虚假所震惊：以前诱使我们感兴趣的每一个细节，与真理的距离更明显。从你一开始就假定现实，对欺骗感到失望和厌恶，而对于一部作品的真实模仿，你应该始于一个公认的总差异，然后每次与自然的接触给你一个近似真理的乐趣。这一切的根本原则无疑是虚假的恐怖，人们心中固有的对真理的爱。希腊悲剧舞蹈基于这些原则。在希腊戏剧表演最喜欢的部分，我能在想象中深深地同情希腊人，这时我想起在意大利观看霍拉提和库里亚提伴随着奇马罗沙音乐跳着最精美的战斗舞蹈时所感到的乐趣。

其次，有关自然。我们必须模仿自然！是的，但模仿自然界中的什么——所有的一切？不，大自然中美好的事物。那么，什么是美好的事物？什么是美？从抽象意义上来说，它是多方面的统一，是不同体的结合；从具体意义上来说，它是美观与重要的结合。在死的有机物中，它取决于形态的规律性，所有变化成三角形的初级和最低的物种，像在晶体中，建筑中的物种，等等；在活的有机物中，不是单纯的产生形式感的规律形式；除了本身，它也屈从于任何事物。如果可能存在于一个不愉快的事物中，其中组成部分的比例构成一个整体；它不像令人愉快的事物那样在关联中产生，但有时存在于关联的破裂。正如人们所说，它并没有与不同的个体和国家相区别，也没有与善良、合适或有用的思想相关联。美是一种直观的感觉，美本身就是一种能激发快乐的东西，没有兴趣，远离兴趣，甚至与兴趣相悖。

如果艺术家复制纯粹的自然，自然本性，那将是多么无意义的竞争啊！如果他从一个给定的形式进行，这应该是回答美的概念，如同西普里亚尼图画中的事物，他的作品是多么空虚，多么不现实！相信我，你必须掌握实质，以及自然本性，在更高的意义和人的灵魂之间预设一种纽带。

计划与执行有一定的共同性，自然的智慧与人的智慧却不同；思想和产品是一体的，或是同时指定的，但没有任何反射行为，因此也没有道德责任。人有思考、自由和选择，因此，他是可见的创作的领袖。在意识之前所有可能的元素、步骤和智力过程，都在呈现的自然界物体中，就像在镜中，因此对智能行为就能全面发展；人的思想是分散在整个自然意象的智慧的焦点。所以现在，要把这些汇总和合适的意象安置到人类心灵的界限，就要从它们自身形式上引出，并添加到自身的形式，形成它们近似的道德思考，使外部内化，内部外化，使自然思想化，思想自然化——这就是美术中天才的秘密。我可以补充说明，天才必须作用于感觉，身体只是成为思想的一个努力——它的本质是精神吗？

在每一件艺术作品中，都有内部和外部的一致，意识对无意识是如此之深以至于在其内部出现，就像比较刻在墓碑上的纯粹的字母和构成的坟墓的图像本身。将两者合二为一的人就是天才，为此，他必须同时参与其中。因此，天才本身就有一个无意识的活动。这是对这个规则真正的阐述，即艺术家为了充分作用给自然，首先要从大自然中带走自己。为什么这样？因为如果他仅以单纯痛苦的复制开始，他只会产生面具，不会形成有呼吸的生命。为了生成自由和法律的协调，在规定中服从退化，遵守冲动下的规定，这是他与自然同化，并且让他了解自然的过程，他必须根据智力的严格法则从自己的头脑里创造形式。他只是因季节原因而没有参与，与大自然有着同样本质的他自己的精神，在他接近那无穷无尽的作品之前，可能会在其主要基础下学习其无声的语言。是的，不是为了获得冰冷的概念——无生命的技术规则——而是逼真的、有生命的观念，这应包含自己的证据，确信它们本质上是自然产生的原因——他的意识是两者的焦点和镜像——为此，艺术家一段时间放弃了外在的真实，完全同情它的内在和实际，以回报于它。因为我们所有看到的、听到的、感觉到的、触摸到的物质必须是自己，而且必须是我们本身，因此在沉闷的信念之间，在理由上别无选择（感谢上帝！几乎不可能），我们周围的一切不过是一个幻象，或者说是同我们生活中的一样，并且知道就是相似，当我们以自己为谈论的对象时，根据柏拉图的观点，甚至就像我们自己要学习的只是回忆，这是唯一有效的回答，我有幸遇到，蒲柏使用下面的话语献祭：

"花花公子笑着打败伯克利！"

艺术家必须模仿事物内部的东西，通过形式和图形活动的东西，就连符号对我们来说也是话语——自然精神，就像我们无意识地模仿那些我们爱的人，那么他只能希望创作真正自然的作品，效仿真正描写人性的作品。将形式组合而成的想法其本身不能称为形式，它高于形式，是其本质，是个体中的一般性，或者个性本身——这是内在力量的影射和解释。

如果我们移除令人不安的意外力量，每一件生存的事物都有自我展示的时刻，每一件事情的每一阶段也是如此。这是一种理想艺术的事业，无论是在童年时期、青年时期，还是成年时期，无论是男人还是女人，都是如此。因此，一个好的肖像是个人的抽象；它不是真实的比较，而是回忆的样子。这就解释了为什么一个很好的肖像的相似并不总是被认可，因为有些人从来不抽象，尤其是其中被认为是主体的近亲和朋友，结果是恒定的压力和由于他们的真实存在作用于他们的思想检验。而且，每一件只有活着的事物，也有可能有与生活有关的位置，正如自然本身所证明的那样，如果不在那里，谁会预言它存在于结晶的金属或吸入的植物中。

雕塑不可缺少的魅力是效果的统一。但是绘画在于远离自然的材料，其范围因此更大。光与影分为外部和内部，甚至所有的偶然因素也如此，而雕塑是局限于后者。

在这里我可以观察到，被选为艺术作品的主体，无论是雕塑还是绘画，都应是那些在艺术的范围内能够被表达和传递的东西。此外，它们应该凭借其真实、美丽，或者崇高影响到观众，因此它们可以按判断、感觉或原因来解决。它们所产生的印象的特性可能来自于颜色和形式，或者来自于比例和适当，或者来自于道德情感的兴奋，或者可能是所有这些的结合。像这样结合所有效果来源的作品必定有尊严的偏好。

仿古可能太排外，而且可能对现代雕塑产生有害的影响：第一，通常来说，因为这样的一种模仿不能有保持注意力集中在外部的一种倾向，而是注意力内部的思想；第二，因为它使艺术家对那些总是不完美的东西感到满足，也就是，身体形态，进而把他的思想表达的观点局限在威武雄壮的想法上；第三，因为它会让人努力把两个不相关的事物结合在一起，也就是说，在仿古形式上的现代情怀；第四，因为它用一种语言表达，可以说是博学的、死的语言，音调是陌生的，让普通观众冷漠而不为所动；最后，因为它必然导致对思想和情感更深刻的兴趣的意象，以及更崇高的尊严的忽视，因为母亲般、姐妹般和兄弟般的爱、虔诚、奉献，这些神圣成为人的本性——圣母、使徒、基督。艺术家在伟人的雕像上的原则应该是过去优点的说明，我不由想到，一个巧妙的现代服装的运用，在很多情况下，会产生各种有力的效果，而有人顽固地坚持希腊或罗马服装会妨碍这种效果。我相信，就是从发现希腊模式不适合几个重要的现代目的艺术家那里，我们看到在纪念碑或其他地方的古迹上那么多的寓言人物。可以说，绘画是一种新的艺术，不再被束缚，旧模式选择自己的主体，像鹰那样飞翔。在生命终结的象征表达上，一个新的领域似乎对现代雕塑开放，就像盖伊纪念碑，伍斯特大教堂里钱特里的孩子们，等等。

建筑表现出与在艺术作品中可能存在的自然的最大程度的差异。它涉及到设计的所有权力，也包括雕塑和绘画。它显示了人类的伟大，同时也教会他谦逊。

音乐使艺术更完整，在自然中有最少的类似物。它的第一个令人愉快之处是与耳朵的关系，这是一种关联的事物，可以用适度的智力唤起过去深深的情感。每种人类情感都比令人兴奋的原因更强人，我想，有一个证明是，人是被设计为一个更高的存在状态，总是有更多的、超乎直接表达的东西深深地隐含在音乐中。

关于美术的所有分支工作，我可能会说，关于艺术的所有分支工作，我可以说，能够产生新奇的乐趣当然必须允许其应有的位置和重量。乐趣包括两个相反的因素，即相同和多样。如果在变化中没有某个固定的关注对象，这种不停止的系列变化就会妨碍头脑观测的个体对象的差异，从而剩下的唯一事物便是继承，这将准确产生同样的效果。我们有过这样的经历：在一辆马车快速移动的过程中，我们感觉到树木、篱笆在固定的眼前通过；或者，在另一方面，当遇到一列游行的士兵或队伍在我们眼前通过时，我们目不转睛地紧盯着看特定的某个人。为了从头脑的使用中获得乐趣，必须存在统一的原则，以便在多重向心力中不会停止，也不感受离心力占主导地位的疲劳。这种多重性的统一在其他地方成为美的原则，这同样是快乐的各种来源，事实上是包括二者的更高层面的术语。二者之间这种隐逸和区分的术语是什么？

记住，在形成过程和增添形状之间是有差别的，后者是死亡或对事物的监禁，前者是自我见证和自我影响范围的中介。艺术可以或应该是自然的缩略。现在自然的丰满是没有个性的，就像水是纯净的，但无味、无色。但这是最高的顶点，它不是全部。艺术的目的是整体从个人偏好出发，因此，自然的每一步尤其理想。因此，一个高潮可能达到一个统一的混乱的完美形式。

对于生命的概念而言，胜利或冲突是必要的，就像美德不仅在于恶习的缺失，也在于克服恶习。美也同样如此。要求服从和被征服的景象提高了强度和乐趣，这应该被艺术家要么直接用图形，要么出自图形表现出来。除此之外，还要以补充和对比的方式来表现。为此，在婴儿时期就观察其身心的表象特征，可见婴儿的可爱，少年时期的分离，青年时期的平衡斗争。从那时起，身体是首先漠不关心的，然后要求心灵的透明度不差于冷漠，最后，呈现出人的身体几乎是一个排泄的本质。

威廉·哈兹里特

威廉·哈兹里特（1778—1830年），唯一神教派牧师之子。年少时立志学画去了巴黎，但是他逐渐意识到自己在艺术领域并无天赋，于是转向新闻学和文学，并且与华兹华斯、柯勒律治、兰姆和亨特，以及其他一些浪漫主义作家建立紧密联系。然而，他生性敏感、难以相处，经常和朋友们吵架。尽管他是拿破仑的崇拜者，也写过拿破仑的传记，但他在政治上是个极端的自由主义者，并且认为自己因观点不同而受到迫害。

在哈兹里特的多卷著作里，保留至今且有价值的大部分是他的文学批评和小品随笔。他清晰活泼的写作风格给他的文章增加了特殊的美感。他的文章极富魅力和奇思妙想，这种写作风格并没有因他过分敏感和自尊自大而黯然失色。

下面的文章在很高程度上展现出哈兹里特佳作的机敏和文雅，以及他创作独特氛围的能力。我们很难找到这样长度且传递这么多特点的随笔。这些随笔让19世纪前25年的英语文学锦上添花。

论想见之人

"像阴影这样离开。"

我想这是兰姆提出的一个主题，也是我劝他对盖伊·福克斯进行的辩护。然而，他既不承担非常适合他的任务，也不去写超出幸福的鲁莽之事。我想，两者我必须都做。

"从来没有这么肯定我们欢天喜地创造，

当它触摸我们恨的边缘。"

与他相比，恐怕我只要做一件平凡的事情，但是我不情愿这想法完全消失了。此外，我可以在其发展过程中利用他的一些提示。有时我怀疑，比起解释我自己的想法，我更胜任报道别人的想法。

我深入讨论悖论或神秘主义，与其说我喜欢，或者又似乎公平合理，倒不如说我就不愿步他人后尘。

关于开始问的问题，艾尔通说："我想你要选择去看望的前两个人会是英国文学中最伟大的两位人物：艾萨克·牛顿爵士和洛克先生。"就这一问题，像往常一样，艾尔通没与相关人员磋商。看到兰姆脸上的表情，大家突然大笑起来，那是礼遇所压抑的不耐烦。"是的，最伟大的名字，"他匆忙地结结巴巴地说道，"但是他们不是人——不是人。""不是人，"看上去聪明又愚蠢的艾尔通说道，担心他的胜利为时尚早。兰姆答道，"那不是人物，你知道的。你的意思是我们现在拥有的，由洛克先生和艾萨克·牛顿爵士写的《论对人类的理解》和《论原则》。就个人而言，除了其内容，没有谁会对人类感兴趣。但是我们为什么想亲自见某人？是因为其个人有特别的、引人注目之处，超过我们从他们的作品中学到的，而且又很好奇想知道的。我敢说，洛克和牛顿很像科内尔给他们画的肖像，但谁给莎士比亚画像？"艾尔通反驳道，"那是！我想你更喜欢看见他和弥尔顿了？""不！"兰姆说，"都不是。在舞台上和书摊上，在卷首插画和壁炉架旁，见过太多的莎士比亚，我早已厌倦了永远的重复。至于弥尔顿的脸，我也不喜欢给我们留下的印象，太僵硬太清教徒式了，而在他的面部表情和清教徒饰带及礼服潜移默化的影响下，我害怕失去他诗歌的甘露。""我不想猜了，"艾尔通说，"如果你在整个英国文学范围内选择，你希望看到他活着时的习惯，他是谁？"兰姆于是又列出了托马斯·布朗爵士和菲利普·西德尼爵士的朋友富尔克·格雷维尔，作为两位知名人士，他应该感到极大的荣幸，在公寓楼上遇见穿睡衣和拖鞋的他们，并和他们友好问候。对此，艾尔通立即大笑起来。想象为兰姆是在嘲笑他，但没有人跟着他笑，他认为可能有什么说道，于是在一个异想天开的悬疑状态下等待一种解释。

于是兰姆（我还记得是 20 年前的一段对话，真是时间如逝！）继续道，"我之所以选中这两个作家，是因为他们的作品是谜语，他们自己也是最神秘的人物。他们像古老的预言家，用模糊的提示和可疑的神谕来行事。我想问他们除了自己无人能理解其真意。还有约翰逊博士：我没有好奇心，对他没有奇怪的不确定性，他和鲍斯威尔一起让我非常想探究他思想中的秘密。我应该是想打扰其宁静（它在我的权力之内），他和像他那样的其他作家表达十分清楚，而我的朋友们表达含蓄、纠缠不清、不可置信。"

> "或召来那位把《豪勇的坎巴思汗》的故事，
>
> 讲了一半的人。"

"当我看那朦胧而华丽的散文作品《瓮葬》，我似乎觉得自己在看向深渊，在深渊的最深处藏着珍珠和丰富的宝藏；或是像一个充满疑问、智慧枯竭的无法推断的庄严迷宫，我会借助作者的精神引导我通过迷宫。此外，谁都没有那份好奇心去看一个结过两次婚的人的面貌，希望人类像树那样繁衍下去！至于福禄克·格雷维尔，他只不过是他自己的《奥玛斯老国王的鬼魂所说的序言》中一个令人敬畏又引人注目的人物：他的作品充斥着上天的天启、犹太神秘哲学，值得这样一个幽灵去解开的神秘结；至于解开的一段或两段，我会忍受遇到一个如此可怕的批评家的冲击！""我担心，在这种情况下，"艾尔通说，"如果神秘的面纱一旦被揭开，可能也就失去了价值。"然后他转向我，低声说出一个友好的顾虑：如果兰姆继续欣赏这些难懂的作者，他永远不会成为一个受欢迎的作家。邓恩博士也是同一时期的作家，有一副非常有趣的面孔，其诗歌独特，意义十分"难以理解"，如同他同时代的所有作家一样，没有一处来自已故作家的个人引用。这一卷作品问世了，正当有人就版本的精致简约、画像美观进行阐述时，艾尔通手持诗作，大声说："看看这里是什么？"接着朗读了以下部分：

"'这里有一太阳女神和月亮男神，

她给予了他最好的光芒，

或者每人都倾其所有，所以

他们之间彼此怀有情感。'"

对此一直没人反对，直到兰姆抓住这个卷本，翻到优美的《致情妇》，劝她陪同他出国，并且面带表情声音颤抖地朗读：

"'我们的第一个奇怪而致命的会面,

继而产生所有的欲望,

通过我们长久饥渴的希望,通过忏悔,

我的话语具有男性的说服力,

深埋在你的身体里,而且通过

痛苦的记忆,密探和对手威胁我,

我平静地乞求。但因你父亲的愤怒,

因所有的想念及分离的痛苦,

我召唤你;你发誓

我们定会永远快乐。

但我没有发誓,我说服他们,因此——

你就不会有危险的爱情。

啊!公平的爱!爱情浮躁的愤怒,缓和下来,

我要成为真正的情妇,而不是假装的女仆;

我要走了,与你进行友善的道别,离开你!

你的爱在我的心里,是唯一值得呵护的。

渴望回来;啊!如果你死之前,

我的灵魂,会从其他地方飞向你。

你的(全能的)美丽不能平息

海洋的愤怒,你的爱既不会教他们去爱,

也不会驯服狂热的北风之神的严肃:你理解

他的阵阵颤抖多么粗暴,

他发誓爱美丽的奥莉希亚。

无论好与坏,这种疯狂足以证明

自愿的危险:以献媚为食,

不在场的情人是别人的情人，

无需掩饰，已不是一个男孩；也不用改变

你身体的习惯，不会在意；不要奇怪

你自己。大家从你的脸上会看到

一种羞涩、妩媚、被人知晓的优雅。

穿着华丽服饰的猿被称作猿，而

有阴晴圆缺的月亮，我们仍称之为月亮。

法国男人，多变的感情，

疾病缠身，时尚商店，

爱的加油器，最合适的一群

演员，在这个世界的舞台上，

很快就会知道你……啊！留在这里！

英国是唯一有价值的画廊，

为你漫步在期望里；直到从那时起，

我们最伟大的国王叫你到他面前。

当我离开时，我有幸福的梦，

让你的面容承认我们深藏的爱，

不要赞美，也不要非难我；不要祝福，也不要公开

毁谤爱的力量，也不用在午夜开始

在床上打你的保姆，大哭出来，哦，哦，

保姆，我的爱人被杀死，我看见他

独自走在白色的阿尔卑斯！我看见他，我，

攻击，战斗，被俘，被刺，流血，倒下，死去。

预言我有更好的机会，除了可怕的朱庇特

认为它足以让我拥有你的爱。'"

于是有人问兰姆，如果从窗口我们看不到乔叟过去常在那里散步的寺院小路，对他的名字进行投票，我很高兴地发现，除了谈论韵律的严苛，甚至反对正字法古雅的艾尔通，大家都普遍赞成乔叟。我很讨厌这肤浅的假想，执拗地使一切降低到平庸的水平，并且问道，"他认为是否值得？"在中世纪和早期现代英国文学中第一次碰到缪斯对她仔细审视，看到她头顶围绕着幻想的景象，就像灵感的光芒或刹那的光辉。看她口齿不清地说着数字，因为这些数字一出口，像奇迹一般，或者如哑巴说话？他也不是唯一的第一位纠正自己母语的人（现代人听起来也不完美），但他自己就是一个高尚有气概的人，站在时代的前沿，并努力开辟道路。此外，他还是一个令人愉快的幽默的人，他不但给我们传递了他那时代的生活方式，毫无疑问，还设计了许多稀奇古怪的叙事技巧，并塑造了像泰巴旅店主那样热情的同伴。他同彼特拉克的会面充满情趣，但我宁愿见到乔叟与《十日谈》的作者在一起，听他们在一起交换他们最好的故事——"乡绅的故事"与"猎鹰的故事"，"巴斯妇故事的序言"与"艾伯特修士的冒险"。看那神秘的高额头充满学识，然后面露快乐的释然，通俗易懂的语言，加上天才的礼节，多么美好呀！当然，这些伟大的复兴者头脑传达出的伟大的思想情感，这些种下文字牙齿的卡德摩斯们，一定在他们的容貌上标记了一个像他们的作品一样不同于现代人的印记，值得细读。"但丁，"我继续说，"是一位同他自己的乌戈利诺同样有趣的人，这人为了参透他的精神，他的面部特征会急切地吞噬他的好奇心，他也是我要见的唯一的意大利诗人。有一个阿里奥斯托精美的肖像画，不比提香的肖像画差；光，摩尔人，活泼，但不能揭示人物内心世界。该艺术家画的彼得·阿雷蒂尼的巨大的轮廓是唯一与那种具有与'强大的死人'对话效果的那类作品相似，这是真正的光谱，既可怕又富有妖术。"兰姆问我，是否想像看乔叟那样看斯宾塞，我毫不犹豫地回答，"不，因为他的美人们很理想化、不切实际、不可感知又没有人性，因此人们对此有较少的好奇心。他的诗是浪漫的精华，是一个围绕幻想的明亮天体的光环，引进个体可能会使这种魅力消失。没有什么音律能达到他诗歌流畅的节奏，只有展开翅膀的天使能同他所描述的优美的姿态一比高下。在我们看来，与其说他是一个普通的凡人，不如说是一个"生活在彩虹中，在受困的云朵中玩耍的生物"。或者如果他出现，我希望他是作为一个单纯的幻影，像他自己的一个庆典，那他应该毫无疑问地像一个梦或声音经过——

> "'——那是加冕的阿里昂：
>
> 他在潮湿的平原上玩耍。'"

船长伯尼对哥伦布轻声低语些什么，马丁·伯尼暗示了流浪的犹太人，但后者被认为虚假而置之不理，前者重新出发前往新世界。

"我想，"雷诺兹太太说，"已经看到蒲柏与帕蒂·布朗特交谈，我已经看见戈德·史密斯。"大家都转身看雷诺兹太太，好像如果这样做，他们也可以看到戈德·史密斯。

在鲍斯威尔那儿，也没有他的任何记录。他和《伪装者》在苏格兰吗？许多年后，他又问："1745—1746 年约翰逊博士在哪儿？"据我们所知，他没有写任何东西，那两年在鲍像用"毫无光泽的眼睛"，和鲍斯威尔一起穿越苏格兰高地；然而好像他们非常熟悉他，或者在心目中与他不敢名状的利益相关。如果是这样的话，这将是我喜欢他的一个附加原因，我会看见他与英国年轻的女王坐在帐篷里，给所有真正的学科和合法政府的拥护者写宣言。

"我想，"艾尔通说，稍对兰姆转一下身，"你们湖畔派不喜欢蒲柏？""不喜欢蒲柏？我亲爱的先生，你一定错了——我能永远仔细研读他的作品，永远！""哎呀！当然，《人论》一定能成为一个杰作。""也许是的，但我很少读这本书。""哦！那是因为你佩服他的讽刺？""不，不是他的讽刺，而是他友好的书信和他的颂辞。""颂辞！我不知道他做过什么。"兰姆说，"里面凝聚了人类的智慧。每篇都称得上是一份文学遗产，是不朽佳作。"最好的是写给康勃利勋爵的：

"鄙视沮丧的欢乐，谦卑的收入；

蔑视任何康勃利所蔑视的；

高世之德，为你的痛苦而快乐。"

曾经有过比这种更巧妙和含蓄的批评吗？然后，他的朋友曼斯菲尔德勋爵就是那高尚的典范（但是不值得），一提到上议院，他就补充说：

"引人注目的场景！几乎是另一个，

（更沉默、更遥远），国王和诗人所在；

那里穆雷（足以让他的国家长久自豪）

就是塔利或者海德！"

他用什么样愤慨的奉承对博林布鲁克勋爵献殷勤：

"'为什么他们责备，如果只有一个花环，

哦，学识渊博的圣约翰，装扮你的圣地？'"

"或者，"兰姆继续说道，他的脸颊有轻微的兴奋，眼睛亮闪，求助于他早期的一些朋友：

"但是为什么后来发布呢？礼貌的格兰维尔，

知道沃尔什，会告诉我可以写；

好脾气的加斯因早期的赞美而发怒，

康格里夫喜爱，斯威夫特容忍我的叙事诗；

典雅的泰伯，萨默斯，谢菲尔德读过，

甚至戴着主教冠的罗切斯特也会点头；

圣约翰自己（以前伟大的德莱顿的朋友）

热烈欢迎又一位诗人。

我的研究是快乐的，如果这些被认可！

作者更快乐，如果这些被喜欢！

世人根据这些判断人类和书籍，

而不是根据伯内特、奥尔德米克森和库克们。"

这里，他的发言完全令他失望，他扔下这本书，说道，"你以为我不想看见像这种人一样的朋友吗？"

"你对德莱顿说什么？""他太能过分炫耀自己，在那最卑贱的声誉殿堂，一家咖啡店，追求名气，在某种程度上使他的想法庸俗化。相反，蒲柏在诗歌艺术上达到了最高成就。他在世时赫赫有名，死后更是闻名于世。他迄今为止令人羡慕不已，几乎被认为是唯一的诗人和天才，有人曾因目睹其尊荣而引以为傲，因为他见过达到了蒲柏声望的境界。他深受朋友拥戴，享尽富贵荣华，激励有志青年。在他有生之年，经常宴请宾客，以文会友。死后世人关注，名垂青史。他翻译完荷马的史诗之后，如果你说不乐意加入欢迎他荣归故里的游行队伍，或看到他再次登上白厅台阶，在他应该从希腊返回时，给他阅读盖伊的诗句。""可是，"雷诺兹太太说，"我宁愿看到他与帕蒂·布朗特交谈，或者和玛丽·沃特利·蒙塔古夫人乘坐皇冠马车！"

正在房间的另一头沉浸在皮奎特游戏中的伊拉斯谟·菲利普斯低声问马丁·伯尼，"朱尼厄斯是不是一个适合死里复活的人？""是的，"兰姆说，"只要他愿意放下自己的面具。"

当提名菲尔丁为候选人时，我们已经在这驻足一会儿了，然而，只有一人同意这一建议。"理查德森怎么样？""当然可以，但是只能通过他店铺的玻璃门去看看他，他在努力创作他的一部小说（一部曾是一个作家和作品之间的最不寻常的对比的小说），也不用让他来到他的柜台后，恐怕他就要把你当成顾客，或者随他上楼；恐怕他要主动让你读他的第一份手稿《查尔斯·格兰迪森先生》，这本来是要写成28卷八开本的书，或者拿出他的女记者的信件，以此证明安德鲁斯是很卑贱的。"

整个英国历史上大家都最不想见的政治家不止一人——一位是奥利弗·克伦威尔，其面容姣好、直率、粗糙、长满粉刺，诡计多端；一位是约翰·班扬，一个宗教狂，《天路历程》不朽的作者。好像如果他走进房间，梦境紧随而至，在他的金色云朵下，每个人都会点头示敬，"近球形的天堂"，像荷马史诗中一个奇怪而庄严的树冠。

在我们近现代所有人中，加里克的名字极受欢迎，他是被巴伦·菲尔德提名的。他目前取代一直被大家谈论的霍加斯和汉德尔，但要是他在悲剧和喜剧中，在正剧和闹剧中表演李尔、怀尔德尔、阿贝尔的吸毒者。那将是多么"悦目之事"啊！谁不愿意拿一年的收入，至少在他的生命的一年里，来看这些戏剧呢？此外，他也不可能单独行动，背诵也不是顺心的事情，他必须带着那样的一群人——能言善辩的巴里、奎恩、舒特、韦斯顿、克莱夫太太、普里查德太太。我听我父亲提到过，当他小的时候，他是那样地钟爱他们。这的确是一种死人的复活，艺术的复兴，更可取的是，这是我们对过去的卓越成就的过度崇拜与潜伏的怀疑的混合。虽然我们有了伯克的演讲，雷诺兹的肖像，戈德·史密斯的作品，与约翰逊的谈话，能表明那一时期人们的所作所为，并对加里克的优点加以普遍的见证。然而，因为那是我们前一时代，我们有我们的疑虑，他毕竟不比一个巴特利米集市的演员好多少，穿着猩红外套，戴着蕾丝的三角帽，扮演麦克白。对此，我想亲自见识一下。当然，据大家所说，如果有人曾被真正的表演热潮所感动，那是加里克。当他像大多数演员一样跟随着《哈姆雷特》里的鬼魂，他没有把剑掉下，但是一路上一直剑尖朝上，他完全具有这种思想，或者是那么焦急怕人片刻看不到他的角色。一次在一位勋爵家举办的精彩的晚宴上，加里克突然消失了，人们不能想象他发生了什么，直到他们被一个黑人男孩的令人抽搐的尖叫声和串串欢笑声吸引到窗口，小男孩正在狂喜地在地上打滚，他看到加里克在院子里模仿火鸡，他的大衣尾在后面竖起，看似羽毛震颤的愤怒和傲慢神态。我们在场的这伙人中，只有两人看过英国的罗修斯，他们似乎愿意像其他人一样与他们最喜欢的人叙旧。

正当我们活在这天马行空和充满幻想中时，突然被角落里的一个爱抱怨的人打断了。他宣称一个演员兼闹剧作家因忽视和排斥优秀的老戏剧家、莎士比亚同时代的人和竞争对手大吵大闹是一个耻辱。兰姆说当他提名《穆斯塔法》和《阿拉汗姆》的作者时，他预料到这种反对意见，并且不是反复无常，而是坚持让他代表这组人，先于狂野的、轻率的狂热者——克里斯托弗·马洛；先于圣安娜的教堂司事——有忧郁的紫杉树木和死亡的头的韦伯斯特；甚至优先于博蒙特和弗莱彻，而我们可能因他们合作作品赞扬了错误的作家而冒犯了他们。相反地，布鲁克勋爵自己站在那里，或者用考利的话说，"一个独一无二的巨大的物种"。有人暗示他是勋爵时，兰姆很是为之震惊，但是他说，一个幽灵也许会在经常称呼其头衔的时候而摒弃严格的礼仪。本·琼斯把我们的意见非常平等地划分。有些人担心因他不在场自己辩护而会背叛莎士比亚。"如果他很难相处，"兰姆压低嗓门说，"戈德温能和他一比。"最后，提到了他对霍索恩登的德拉蒙德的浪漫访问，因他的支持而改变了命运。

兰姆问我是否要提及有个人被绞死，会是谁呢？我回答，有尤金·阿兰姆。这个"令人羡慕的克莱顿"突然被当作废才的光辉榜样，完全不同于他的大部分同胞们。在场的一位北不列颠人非常认可这种选择，他宣称自己是那位博学多才的神童的后代，并说他有刻有家徽的金银餐具为事实凭证，上面有大写的"A. C."代表"令人羡慕的克莱顿！"亨特笑了，更确切地说，是对此狂笑，我应该想到他已知道这事很多年了。

最后一名主教法冠朝臣，像知道有没有被施以了咒法的玄学家。我回答，近代只有六人应得这一称号——霍布斯、伯克利、巴特勒、哈特利、休姆、莱布尼兹，也许还有一个马萨诸塞州人乔纳森·爱德华兹。至于能流利地提到曾创造了这门科学的法国人，却在他们的任何作品中没有这样的头衔，在我曾提到过的作家中也确实找不到。（以文法的名义可能当选的霍恩·图克，现在还活着。）这些名字似乎都不能激起兴趣，而且我不祈求再见那些人，他们可能因他们研究的抽象性质而被认为最适合目前的精神状态和脱离实体的状态，而且甚至在这个活生生的舞台上，他们几乎被落光了常见的血肉之躯。当艾尔通面带不安与烦躁，就要向洛克先生和杜格尔·斯图尔特提出一些问题时，他被马丁·伯尼阻止了，"如果 J——在这里，他无疑会支持那些深刻而可怕的社会主义者——托马斯·阿奎那和邓斯·司各脱。"我说这可能会对他很公平，因为他阅读过或想象他阅读过原著。但我不觉得我们有什么权利来号召这些作者亲自给自己一个交代，直到我们已经研究了他们的作品才会知晓。

这一时期，好像有关我们异想天开想法的一些谣言被人知道了，并扰乱了在他们神秘住处的愤怒的天才，这是从我们一直提及的几个候选人那得到的消息。格雷拒绝了我们的邀请，尽管他还没被问及；盖伊主动要来，带来博尔顿公爵夫人，原来的波莉；斯梯尔和爱迪生以哨兵队长、罗杰·克维里的身份留下名片；斯威夫特没说一句话进来后就坐，然后突然离开房间；人们看见奥特韦和查特顿在冥河对面徘徊，但不能凑到足够的钱来支付卡戎的船费；汤姆逊在船上睡着了，并且船被划了回来；彭斯派了一个卑劣的家伙，大麦约翰，他的一个曾把他带到了另一个世界的老朋友，并说在他有生之年，把他从隐居处拉出来表演，结果成了收税官，而他宁愿待在那里。然而，他希望同代表握手，因为高烧而使伸出去的手在异常地抖动。

房间里挂满了著名画家的画像。当我们在讨论是否应该要求这些我们对其特点如此熟悉的无声的雄辩大师们作演讲时，似乎他们一下子便从镜框里悄悄地溜走了。

有列奥纳多，留着雄伟的胡子，有一双警惕的眼睛，在他面前有一个阿基米德的半身像；他旁边拉斐尔优雅的头正转向弗娜芮纳；在他另一侧是卢克丽霞·波吉亚，有一缕冷静的金头发；米开朗琪罗把圣彼得的模型放在他前面的桌子上；柯勒乔身边有一个天使；提香与焦尔焦内坐在一起，之间坐着他的情妇；圭多由自己的黎明女神陪伴着，从他那拿了一个骰子盒；克劳德手里拿着镜子；鲁本斯拍了拍一只美丽的黑豹的头（由萨梯牵着）；范戴克装扮作帕里斯王子出现；伦勃朗被藏在毛皮、金项链、珠宝里；约书亚爵士的眼睛仔细观看，握着他的手，以遮挡额头。没有人说话，当我们起身对他们表示敬意时，他们仍然表现出刚才那样的姿态。这不是活着的人真实的表现，我们用手势和哑语摆脱了幽灵。当他们消失在稀薄的空气中，门外一声巨响，我们发现是乔托、契马布埃、吉尔兰达尤，他们从欲望中死里复生，要看看他们杰出的继承人——

"究竟是谁的名字，

　　在名利的永恒记录里为赞美而生活！"

　　看到他们死后，他们没有野心被世人所见，悲哀地退出了。"天哪！"兰姆说，"这些就是我想要与之交谈的家伙呀！在黑暗笼罩下，我想知道他们如何能看到作画的。"

　　"我们可不可以不对《好女人的传说》做什么评论？"G. J——询问道，"说出几个名字，说出几个名字，J——先生，"亨特用友好欢欣且喧闹的语气大喊道："尽可能多说出几个名字，毫无保留地、也不要有恐惧的折磨！"在这么多可爱的回忆中，J——感到很困惑，在从他烟斗中冒出一股烟的片刻沉思中把他选择的女士的名字忘记了，兰姆不耐烦地宣布是纽卡斯尔公爵夫人。一提到哈钦森夫人，就从当公爵夫人那天谈起。我们不关心优秀女性名单这个话题，因为房间里有一个优秀女人，漂亮、明智，可以是楷模，可以为她们中最好的人。"我最想见的就是尼农·德尔恩克劳斯，"那无与伦比的人说，这使我们立刻记起我们忘记向在海峡的另一边我们的朋友致敬：多变的主教伏尔泰、情感之父卢梭；蒙田、拉伯雷（智慧和才智的伟人）；莫里哀和听他在尼农的房子里朗读他的喜剧《伪君子》的那个围绕在他身边的杰出团队（那个主题已有）；拉辛、拉封丹、罗切福考尔德、圣埃夫勒蒙等。

　　"有一个人，"一个声音尖锐而不满地说，"比起所有这些人，我宁愿看到堂吉诃德！"

　　"来了，来了！"亨特说，"我认为我们还没说英雄，真的或假的。你说什么，兰姆先生？你要在你模糊的列表里增加亚历山大、尤利乌斯凯撒、帖木儿这样的名字，或者是成吉思汗吗？""对不起，"兰姆说，"有关活着的人物的话题，世界的策划者和打扰者，我有我自己的奇想，请允许我保留。""不，不！拿出你的知名人士！""你觉得盖伊·福克斯和以斯加略犹大吗？"亨特用一只眼睛注视着他，就像个野蛮的印第安人，但亲切而充满了欢乐。"你最充分的理由！"大家随声附和，艾尔通认为兰姆现在相当纠结。"为什么，我不能不认为，"他用沉思的表情反驳道，"盖伊·福克斯那个可怜的、激动不安的、草和破布做的年度稻草人，是一个被虐待的绅士。我看见他坐在那里，面黄肌瘦，被火柴和火药桶包围着，希望此时能把他送到天堂去英勇献身，但如果我再多说什么，还有那个叫戈德温的家伙会做出点有价值的东西。至于犹大，我的理由是不同的。我真想看看他的脸，正和耶稣基督把手放在同一道菜上，后来背叛了耶稣。我不知道这样的事情，我也没有见过任何给我一点提示的图片（甚至没有列奥纳多的非常好看的图片）。""兰姆先生，你已经充分证明了你的选择。"

"哦！永远正确，梅尼乌斯永远正确！"

"只有一个人我能想到这以后，"兰姆该随笔原稿中，这篇演讲是送给亨特的。继续说道，但没有提到曾表现出死亡样子的名字。"如果莎士比亚进入房间，我们都应该站起来迎接他，但如果那人进入房间，我们都应该趴倒，尽力去亲吻他的衣裳！"

在座的一个女士在话题一转时，似乎开始坐立不安，纷纷起身离去。黎明时分，月色朦胧，借此乔托、契马布埃和吉尔兰达尤一定见过他们画的最早的作品。我们分开再相遇，重新开始类似的主题。第二天晚上，之后的晚上，直到那天晚上蔓延到看不见黎明的欧洲。事实上，同样的事件结束了我们大会之后的小型的社交集会。但那之后再相见，我们的讨论没再重新开始过。

利·亨特

    利·亨特（1784—1859年），西印度群岛上一位牧师之子。跟兰姆和柯勒律治一样，他在伦敦一家基督教医院接受教育，自幼开始作诗。早年对戏剧评论比较关注，1808年，与兄长合伙创办《观察家》报。在长达13年的时间里他一直致力于该报的发展，对新闻业产生了积极的影响，提高了媒体的基调，显示了很强的独立性与宽容性，并为自由主义积极而战。因以言论攻击摄政王储而入狱两年。他被政府起诉使他结交了许多杰出的朋友。多年后，前往意大利同雪莱和拜伦一起创建了一个新的杂志。雪莱就是在去里窝那拜见亨特返回的途中溺水身亡的。但该杂志很快停刊，亨特之后返回伦敦，从事各种各样期刊的写作和其他文学的研究，仍然过着捉襟见肘的贫穷生活，但他还是勇敢乐观地奋斗到75岁。

    亨特的诗歌优美、充满幻想，但是除了一两部作品之外，鲜为人知。他的多数散文作品仅仅以新闻为基调，不过随着时间的推移他对新闻形式的写作兴趣逐渐减少。但是在他为人熟知的随笔中，多为短小佳作，作品充满精妙绝伦的乐观主义精神，仅以本书两篇作品为例。詹姆斯·罗素·洛厄尔说过："没人能比亨特更理解语言的精髓，他独具匠心，高情远致，如同鸽颈项部羽毛的光泽……他是抱朴含真的人，具有敏锐洞察力和稳健判断力的批评家，奠定其真正自由学者的基础，然而他却怀才不遇，作品无人问津。"

论夭折

有人问希腊哲学家何苦为丧子而哭泣？因为悲伤是徒劳的。他回答说，"我哭就是因为那个缘故。"他的回答表现了他的智慧。只有智者才可以争辩，认为我们的眼睛含有泪之泉，我们永远不需要对他们妥协，在某些场合不这么做也不明智，悲伤使他们从此不再有温暖的心情。最初的爆发可能是非常痛苦和势不可挡的，他们泪水涌到的土壤将会因为没有了他们而变得更糟。他们恢复了心灵的激动不安——是脸上的皱纹干透的那种干燥的痛苦，让我们承担最可怕的"肉体的地震"。

的确，悲伤如此巨大，以至于给他们一些普通的风力，就有被推翻的危险。这样，我们必须增强实力来抵抗，或者悄悄地低头，不形于色地做下去，为了让他们不考虑我们，就像旅行者对付沙漠的风。但如果我们觉得眼泪会减轻我们的悲痛之情，否认自己第一精神恢复是虚假的哲学。它总是告诉人们，因为他们不会帮助一件事，他们不会介意，这是一个虚假的安慰。真正的方法是，让他们应对不可避免的悲伤，并通过合理的屈服试图变得温柔，在本质上有那么温柔的悲伤，拒绝他们流泪不如假装英雄主义。只有在特殊情况下才有可能使沉溺于失去小孩子的悲伤之中多一点明智。但是，在一般情况下，家长应该被告之抑制他们的第一次流泪，同时也要压抑自己还有幸存孩子的微笑，或者沉迷于其他任何同情之中。这是对同样的亲切温柔的一种诉求，这是不会白费的。这种目的就是还清忧伤的更严酷的债券——从精神的打击到一个忧郁的想法。

正是这种眼泪的本质，无论泪如泉涌是多么强烈，最终要流进平静的水里。在我们生活的整个过程中，我们不能总是沉湎于痛苦去思考。战胜痛苦和死亡本身，把对它们的记忆变为快乐，在我们的想象中以平静的一面生存，就是这些品质的神性。此刻，我们正在我们至亲的坟墓对面写作。从窗口我们看到它周围的树木，教堂的塔尖。周围有绿色的田野，白云在上空飘浮，阳光时而被遮住，时而明媚。和煦的风吹奏出绚丽的夏天，但又使人想起遥远而危险的海洋，躺在坟墓里的那颗心有许多理由想起的海洋。然而，看到这场景不会使我们痛苦；那遥远之处，有一处使那地方魅力倍增的坟墓，它连接着我们的童年和成年的乐趣；它让我们感受到风中似乎有一种安静的温柔，对那风景有一种耐心的喜悦；它似乎使天与地，死亡与永生，坟墓的绿草与田野的绿草统一，给整个自然界的善良增添了更有母爱的一面。它本身没有阻碍快乐。幸福是通过她拥有的一切烦恼所传播的东西。传播幸福、享受幸福，不仅继承了她的愿望，还实现她的愿望，摆脱唯一的污染、恶毒、缺乏同情心的快乐不过是一个孩子在母亲的膝盖上玩耍。

记住孩子的天真和亲热，而不是死于老年的美德。孩子们还没有自发培养友谊，他们还没有选择善待我们，在我们逆境时也不会有意识地站在我们旁边。但他们能很好地和我们同甘共苦，我们之间良好影响不再与纷扰的世界混淆，因他们的死亡而引起的悲伤是唯一与记忆有关的悲伤。这种思想会使他们沉思，但他们不会永远都是痛苦的。它是自然的亲切的一部分，任何时候，痛苦不会像快乐一样幸存，更不知道它的原因是无辜的。微笑会由记忆反映出来，就像太阳进入天堂，月亮反射光照耀我们。

作家们喜欢自己与尘世的痛苦争吵（我们指的是同样意图的作家，当然没有暗示有关能力或其他的任何事情），如果他们与每一种痛苦都争吵，那就是被误解了。这将是无所事事和柔弱的。事实上，他们没有假装，人类可能不希望，如果可能的话，可以完全摆脱痛苦。因为，一直以来，它努力把痛苦变成快乐，或者至少由一个引发了另一个，使前者热情，后者心旷神怡。痛苦的最不受影响的尊严是这样做的，如果是明智的，就承认它。对待他人仁慈是最伟大的，他们也因自己的无私而感到快乐和幸福，这种感觉储存得越多越幸福。我们的意思并不是说这无私。事实上，我们并不会考虑那么复杂。但是如果无私被真正理解，当最无私的时候，也不能被称为痛苦。其间的痛苦被软化为乐趣，就像彩虹的暗色调融成亮色。然而，即使在最无私的精神——痛苦和快乐之间画一条比较粗糙的线条（比如，可能在痛苦和不健康之间画线条），如果它有助于一般的舒适，无法避免一般性的本质，我们就不应该为其吵架。既然我们被创造了出来，就有一定的痛苦，没有痛苦，就很难想象某些重大的失去平衡的乐趣。我们可以感受得到完全的快活，这是可能的，但是在我们的写作中痛苦的事情似乎是一个必要的成分，以便这些材料尽可能地成为很好的素材，虽然随着年龄的增长和经验的增加，我们的周边环境得到越来越好的改善。这样一来，我们便可以摆脱最糟糕的环境，虽然不是环境本身。

现在失去孩子的责任，更确切地说，使我们意识到偶尔的损失本身，似乎是倒在人性的杯中一种必不可少的苦酒。我们不能说每一个人必须失去一个孩子为了享受余生，或者每一个人的损失同样困扰着我们。总的来说，目前能做的或许是尽可能少提及婴儿的死亡。但如果根本没有发生过这事，我们应该把每一个小孩子看作被担保的男孩或女孩，它将很容易想到这种安全会危及一个可爱的关心和希望的世界。婴儿期的想法会与我们失去其连续性，女孩和男孩会是未来的男人和女人，在我们的想象中他们会迅速成长，也会马上成为男人和女人。另一方面，那些已经失去了婴儿的人，在某种程度上，不是永远没有孩子。在某种意义上，他们是唯一的，会一直怀念他或她，而且向他们的邻居灌输同样的想法。其他的孩子长大成人，并遭受死亡率的变化。单单这一孩子会流芳百世。死亡用他亲切的严厉带走了他，并祝福他青春永驻和纯真永恒。

这些是最讨人喜欢的，访问我们的幻想和希望的形状。他们总是面带标志性的微笑，最漂亮的等待想象力的页面。最后，这些都是天国。无论哪里，在所有可访问的帝国的每一个省，无论在地球或其他地方，这些就是必须填满它的温柔的精神。对这样的简单，或它的相似之处，他们必须来。这些必须是他们准备的信心和他们幻想的创造性。他们一定对"善与恶的知识"一无所知，失去了他们自我创造的麻烦的辨别，享受他们面前的花园，对于善良和无辜毫不羞愧。

论想象力的真实性

没有什么能比说这样那样的痛苦和快乐都是虚构的更不假思索的说话方式了，因此必须摆脱或就此低估它。这个词的通常意义是没有任何虚构的。《威克菲德的牧师》中摩西的逻辑是很好的论点："无论是，是……"无论什么触动我们，感动我们，的确就是触动我们、感动我们。我们承认这个事实，就像黑暗中的一只手。我们不妨说，使我们发笑的景物，或者使我们痛哭流泪的打击都是虚构的，就像其他让我们欢笑或哭泣的事物一样是虚构的，我们只能凭其影响判断事物。在我们认为自己非常熟悉的东西上，我们的感知不断欺骗我们，但我们对其结果的接收是一个不同的事情。无论我们是唯物主义者，还是非物质论者，无论事情是在我们周围或在我们内心，无论我们是否认为太阳是一种物质，或者只是神的思想的意象，一个想法，一个虚构的事物，我们都同意其温暖的概念。但另一方面，因为不同的气质对温暖的感受不同，所以我们称之为虚构的事物影响不同的人。我们要做的不是去否认它们的影响，因为我们感觉不同，或者我们根本没有感觉到，而是看看我们的邻居是否被感动。如果是，那么对于所有的意图和目的，都有一个感动的原因。但是我们没有看见它吗？没有，他们也不可能。他们只感觉得到它，他们是能感知事物的，这个词意味着感情富于想象的一个景象。但你的意思是，我们因为看见就可能会要求回报？一些光线与眼睛接触，他们给眼睛带来了感觉。总之，他们触动了它，这种触动留下的印象我们称之为景象。在效果上，无论多么神秘，这与任何其他的触动有多大的区别？被屠夫撞到的一头公牛和被中风击垮的一个男人，同样感到自己不得不倒下。一根秸秆的瘙痒和一个喜剧的逗乐，一样牵动着嘴巴肌肉。一个心爱人的眼神会使组织兴奋，那老哲学家有权向从一场景象飞到另一个景象的光线和辐射粒子追偿教义。总之，接触本身是什么？为什么它会影响我们？我们深入研究它，没有一个比另一个更神秘的原因。

这个问题像道德成因一样与我们无关。我们可能会满足于根据水果知道土壤；但是如何提高和改善它们是一个更具吸引力的研究。如果我们不说引起我们内心这样或那样的快乐和痛苦的原因是虚构的，那么人们就会说原因本身是可移动的，那么它们会更接近事实。当一块石头绊倒了我们，我们不能就此争论它的存在，我们把它挪走。同样地，当我们遭受所谓的一个假想的痛苦时，我们的业务不是去细究这个事实。在那个或任何其他的知觉，是否有任何原因，或者是否一切都存在于所谓的效果中，对我们来说，效果是真实的，这就足够了。我们唯一的业务是去除那些总是伴随着最初想法的第二原因。例如，在精神错乱下试图说服病人，他没有看到他说的那些数字，这是毫无意义的。他可能会合理地要求我们，如果他能，我们怎么知道这件事，或者我们如何确信在宇宙的无限奇迹中，无论某些人是否患有疾病，某些现实在他们眼中不可能很明显。我们的业务是将他置于一种人类不会从他们的办公室和舒适的状态中分心，对想象有一定责任的健康状态。对他的问题最好的回答就是，这样的发病率对人类来说显然是一个健康的状态，就像手表处于紊乱或不完整的工作状态，看到这一完整性或舒适的状态的一般趋势的本质，我们自然会得出这样的结论：无论是否是本质，问题中的想象至少不同于持久的或普遍的描述。

我们不信奉形而上学。我们确实不熟悉那种艺术大师，并且永远不知道我们是否在使用正确的术语。关于这一话题我们所知道的一切，来自于一些思考和经验，而我们知之甚少以致令一个形而上学者浅笑。如果他是一个正直的人，他会友善行事。伪装者会从我们的忏悔中抓住机会，并且说我们一无所知。如此，我们的能力与其说是推理的，不如说是本能的；与其说是物质的，不如说是形而上学的；与其说因爱生情而能感知事物，不如说因为它知道得如此之多；与其说根据儿时的一定记忆，以及在思想绿地的漫步的预测来照亮一个古老的金色的世界，不如说厌倦自己，并因太宽泛和科学的探求而得出无法达到的结论。我们假装没有比世俗的和恶意的人看得远。然而那些看得更远的人未必看得清。我们不要盲目地看着天上的太阳。我们相信它就在那里，但是我们发现它的光线也在地球上，如有可能，我们将带领人类走出黑暗和寒冷，走进光明。痛苦可能仍然存在，必须如此，只要我们都是凡人。"因为我们仍然必须哭泣，既然我们是人类。"但是为了别人的利益，它应该是痛苦，因为这是高尚的行为；由他们，或者对他们所造成的痛苦是必然，不消除它是荒谬的。人类的痛苦是与快乐相对立的，对他们适当的痛苦伴之而来的是真正的人性，因为他们必然要享受某种温柔。因此痛苦的真正承载者会来找我们，尽管从他的麻烦中承担责任会削弱他的骄傲，但他不会怨恨我们分享他的负担。骄傲是牺牲他人的一种坏的乐趣。人类的伟大目标是为了有福同享。从本质上来说，如果它是一个注定不能成功的任务，那就是一个好的任务，至少要实现它自己快乐的命运。严格对待实际上是严厉的反转。正是缺少快乐的急躁导致我们妒忌别人；如果受难者知道如何使用它，这不耐烦本身就是在一般的向往中对享受平等的财富中的另一种冲动。

现在我们将讨论其他话题。健康是一切幸福的基础。小心这一基础，警告我们不要对其滥用寂寞的想象力；小心这一基础，尽可能让更多想象力运用它。读诗人们神奇的作品，想象力就会喷涌而至。如果你怀疑它们的存在，问问你自己是否一想到它们就感到高兴；你是否被感动到露出甜美的微笑，流下幸福的泪水。如果你是，无论他们存在或不存在，结果都一样。这不只是说，有人经过一个有钱人的公园，看见里面从来没有为主人的精神祈福的东西，此人比他富有。快乐的结果使他认识到他更富有。对他来说，土地实际上更肥沃：这里经常有美女来访。他有更多的仆人应召而来，全力给他帮助。知识、同情、想象，都是占卜棒，使他发现了宝藏。让一个画家走过这片土地，他不仅能够看到绿色和棕色等常见颜色，也能看到它们的组合和对比，以及可能会被再次组合和对比的一些模式。如果没有什么景观，他会把一些图形放在土地上，成群的牛羊或孤立的旁观者，或者金星白色的身体躺在她的紫罗兰和报春花中；让一个音乐家走过这片土地，在小鸟的鸣叫和流淌的瀑布中，他会听到"谨小慎微的差异"。在一位女士的窗口，在露天里，他会想象风吹出的小夜曲，里面流淌出悠扬的声音，或者猎人的号角，或猎犬的吠声，

> "像铃铛那样在嘴里较量，
>
> 一个压着一个。"

或者凉亭里一个孤独的声音，为一个期盼的情人唱着歌；或者教堂里的风琴，像风的喷泉醒来。让诗人走过大地，他将提高和增加所有这些声音和意象。他将从天堂带来颜色，赋予声音一个神秘的意义。他将拥有

森林居民的故事，他将通过各种方法转移人口，将情绪赋予所有的景象和声音，这将是人性的、浪漫的、超自然的，让自然界的万物把颂辞送到现场。

我们可以谈论自然的爱，如同莎士比亚所谈的另一种爱，它

"让你的眼睛看到可贵的事物。"

我们也可以说，在相似的原则下，它让你听到更珍贵的事物。这和想象力紧密相随，是我们感觉的两个净化器，以期拯救我们于共同关心的震耳欲聋的胡言乱语，使我们能听到所有天地间深情的声音。在他们光滑闪亮的舞蹈中流逝的星空球体，为我们歌唱。小溪流对我们谈论着孤独，鸟儿是大自然的动物精神，像一个粗心的女孩在空中欢唱。

"温柔的风，
煽动他们散发香味的翅膀，撷取
天然香料；在那里耳语他们偷走了
那些温暖的战利品。"

——《失乐园》，第四卷。

诗人被称为创造者，因为他们用魔力的话语，给我们的视觉带来丰富的意象和创造的美。如果读者高兴，他们便把它们放在那里，创造者实际上也是如此。但无论放在那里是否被发现，是否被发明或创造（发明只不过意味着找到了），他们在那里。如果他们触摸我们，他们存在的目的就像任何触动我们的其他事物。如果《李尔王》中的一段使我们流泪，它真的就像一只悲哀的手在触摸。如果阿那克里翁歌声的旋律使我们沉醉，我

们的脉搏跳动就像我们喝了酒一样真实。我们不是用耳朵听声音，也不是用眼睛观看，但我们如此真实地听到和看到，我们因快乐而感动。在任何时间，看和听的优势，甚至测试不是在看和听，而是我们实现的想法和我们获得的快乐。因此，因为他们回家看我们，知识的对象是像真正看得见的自然宝藏中的一部分，他们是无限丰富的。一个乡村小丑之树和弥尔顿、斯宾塞之树之间，不同之处就是效率。一个教堂司事缓慢通过墓地和格雷的散步之间，有什么不同？船只建造者的百慕大和莎士比亚的伯慕斯之间的差异是什么？小岛

"充满噪声，

声音，甜美的曲调，给人以快乐，没有危害。"

精灵和仙女之岛，在海边追赶潮汐；珊瑚骨骼海的女神之岛；在沙滩上跳舞，风中唱歌的精灵之岛；凯列班之岛，其自然的魅力，使之富有诗意；阿里尔之岛，她西洋樱草的钟声里，骑在蝙蝠上；米兰达之岛，当她看到费迪南如此辛苦地工作，乞求她，让她帮助；告诉她，

"如果你要娶我，我是你的妻子；

如果不想，我到死也是你的女佣，追随你，

你可以拒绝我，但我要成为你的仆人，

不论你愿意与否。"

这些都是诗人让我们发现，哥伦布的世界和少数暴力问题。美国前些日子开始比我们富裕了，当洪堡特回来告诉我们它的华丽和巨大的植被，无数拍摄的灯光，陶醉在南方夜晚的天空；硕大的星座，但丁似乎对此有

如此显著的猜测（《炼狱篇》第 22 首）。墨西哥和秘鲁的天才，自然的温暖，从专制下释放，很快就会为它做一切，唤醒视力沉睡的财富，并唤起愉悦的音乐。

想象力丰富便可以创造一切。一个伟大的图书馆不仅包含书，还包含

"所有智慧之人灵魂智慧的汇集。"

——戴夫南特

月亮是荷马和莎士比亚的月亮，也是我们所看见的那个月亮。太阳睁着一只闪闪发光的眼睛从东方他的卧室里升起，像个新郎那样欢乐。最常见的事物变得像亚伦萌芽的杖。教皇召唤喀巴拉的神灵等候一绺头发，并且公正地给它一个星座的荣誉，因为他把它挂上，在后代的眼中永远闪闪发光。一片常见的草地对于挖沟人或花花公子是一件遗憾的事情，但从想象和关爱自然的应有的权利的帮助下，太阳照亮我们，空气抚慰我们，我们觉得我们就像在童年时代一样。青翠的草木、羊、榆树篱笆墙，所有这些，所有其他的景象、声音、联想可以赋予它的，都为愉快的思想提供了一个宝库。即使砖和砂浆在俄耳甫斯的竖琴伴奏下也是生动的。一座都市不再集房屋或行业为一体，它披上了所有的宏伟壮观：历史、文学；塔楼、河流；艺术、珠宝，以及外来的财富；意在兴奋的、明智的、学习的许多人类；白天烟雾笼罩下的巨大的、阴沉的尊严；夜晚的光芒在夜空四射；当风儿轻轻吹向某个安静的郊区，同时听到许多车辆的噪音。

查尔斯·兰姆

　　查尔斯·兰姆（1775—1834 年），出生于英国伦敦坦普尔，父亲为法学院执事索尔特的机要秘书。兰姆在一所基督教医院接受教育，在那里同柯勒律治建立了牢不可破的友谊。他离开学校不久，在东印度公司任职 33 年。他一生未婚，一直和姐姐玛丽生活在一起，由于姐姐的精神病经常周期性地发作，兰姆承担照顾姐姐的义务。他的朋友包括柯勒律治、华兹华斯、亨特、赫兹利特、骚赛等。从他出版的信函和作品里，可以了解他受欢迎的人格魅力。

　　兰姆写过几篇并不成熟的诗歌，在戏剧上也做过一些尝试，但并不成功。兰姆成名是源于他的随笔，他的随笔内容多种多样，情调亦庄亦谐、寓庄于谐；还有一些批判性的散文把感性和哀怨表现得淋漓尽致。他为复兴伊丽莎白时期的戏剧做了很多贡献。兰姆写了《论莎士比亚的悲剧》，这部作品常被认为是他文学评论的力作。文章的主要观点——"莎士比亚的戏剧和同时期的任何剧作家的作品相比，更不适合在舞台上表演"——当然是荒谬的；像他的朋友柯勒律治所指出的那样，兰姆的方法既不符合逻辑也没有哲理。他的评论是他个人情感的真实表达，真正意义上的"仅凭印象的"主观评论，这些作品就是兰姆本人及人性的写照，以纯粹的个人心境和体验开始，就是这样一种纯粹的文学——人自身的真实的反映——而不是科学的分析。兰姆的写作风格属于文学运动的一个分支，英语中再没有比这更令人愉快的写作了。

论莎士比亚的悲剧（舞台表现的适应性）

前几天转到修道院，我被一个人物受影响的态度深深震撼，不记得我以前见过这人，后来打听证实是著名的加里克先生的全身像。虽然我不会与一些优秀的天主教徒去很远的国度，就把演员们都划归在圣地之外，但我承认，把戏剧气氛和手势介绍到一个被隔离开的地方，使我们想起最悲伤的现实，我一点也不会感到颜面尽失。走得更近些，我发现刻在这个丑角人物下面的一段话：

用神的命令，描绘美好的自然，
用他炽热的手中那有魔力的铅笔，
一位莎士比亚站起来，于是，一个加里克出现，
把他的名声广泛传播到这个有生命的世界。
尽管已经死亡，但诗人绘出了多个人物，
演员的天赋使他们重新呼吸；
尽管他们像诗人自己夜晚安息，
不朽的加里克白天唤他们回来：
直到崇高力量的永恒。
将标志古老的时间终有一死，
莎士比亚和加里克像双星照耀，

一束神圣的光芒照耀地球。

企图在荒谬念头和无稽之谈中尝试任何一种批评，就是对我的读者理解能力的一种侮辱，但是我被这样一种好奇心驱使着，从此处被颂扬的演员时代到我们这个时代，用一种与诗人心智相投的理念，有幸以莎士比亚笔下任何一个伟大的人物使全城人们满意，然后如何因轮流赞美每位表演者已成为一种潮流？人们如何莫名其妙地赶来把起源于诗歌形象与概念的力量和能朗读，或者背诵同一篇章的能力混淆？[①] 一位伟大的戏剧诗人所具有的，对于一个人的心灵与灵魂绝对的把握，与那些作用于眼睛和耳朵的低级技巧，通过观察几种像激情、悲伤、愤怒等常见的情感通常作用于手势和外貌的一般效果，能轻易达到什么联系？要了解一个伟大的心灵如奥赛罗或哈姆雷特内心活动方式和运动，例如，他们应该何时、为何被移动，以及移动多远；一种激情会达到什么程度；正好在拉紧或放松最优美之时充分发挥和加以控制；似乎需要达到程度极其不同的智力，这种智力被运用在对这些表情或手势方面的激情赤裸的模仿中，这些预示通常在最脆弱的心灵中最生动、有力，这些预示毕竟表示一些像我以前通常所说的情感：愤怒或悲伤，但是激情的动机和理由，不同于低级庸俗性质的热情。这种激情，眼睛（没有一个隐喻）会说话，或者肌肉发出清晰的声音，演员也没有从他脸上的表情或手势赋予更多的想法。但比较阅读理解时产生的较慢的恐惧，这是我们要在剧场中用眼睛和耳朵所吸收的印象的瞬时性质，我们往往不仅要沉浸在剧作家赋予演员的思考，甚至要用反常

[①] 据观察，我们在戏剧的朗诵上陷入这种混乱。我们从来没有梦想，当众朗读卢克莱修的绅士获得热烈的掌声，因此他是一个伟大的诗人和哲学家；我们也没发现书商汤姆·戴维斯被他亲密的朋友们列为可以与弥尔顿相媲美的行列，因为据记载，他是那个时代在英国背诵《失乐园》背得最好的人。

的方式在我们的头脑中确定他所表演的人物。常看戏剧的观众很难摆脱 K 先生本人和声音对哈姆雷特的想法的影响。实际上，提到麦克白夫人，我们就会想到 S 夫人。这种混淆类同于文盲，他们没有阅读的优势，必然会依赖于舞台上演员的表演以获得戏剧带来的快感，对他们来说没有思想的痛苦和困惑，他们根本不可能理解演员这种职业：错误就是那些有学问的人认为几乎不可能解脱的问题。

我绝不会如此忘恩负义去忘记很多年前第一次观看莎士比亚悲剧的演出时我所体会到的那种满意，其中两个伟大的演员表演主要角色。这似乎体现和实现了至今没有明显形象的观念，但是为了这种幼稚的快感，这个意义上的差异，我们真的要付出一生的时间吗？当新鲜感已经过去，吃了苦头之后，我们发现我们没有实现这个想法，只是实现和降低了一个以新鲜血液为标准的美景。我们已经放弃追求一个遥不可及的事物梦想。

这点作用于心灵该是多么的残酷！可以从那壮美的新鲜度来判定，让他们的自由思想受到如此限制并被置于危难边缘现状的程度，为此我们归咎于莎士比亚没有出演的戏剧，诉诸于在表演中的被愉快地遗漏的那些段落。听滔滔不绝地演讲这一习惯逐渐衰弱，这对精彩段落该是多大的打击。可能《亨利五世》的那些演讲里有，这些演讲在学校男孩中非常流行，从他们刚出生就能在《恩菲尔德演说者》等类似的书里找到。我承认自己还不能完全欣赏《哈姆雷特》中那著名的独白，开头是，"生存还是死亡"，我的理解是，从其生存的地方及戏剧的连续性原则，直到成为一个完美的逝者；而慷慨激昂的男孩和男人已经将该句处理和摆弄成说它是好是坏，或者是中立等如此非人性的撕扯。

这似乎是一个悖论，但我不禁认为莎士比亚的剧本比任何其他剧作家的剧本在舞台上表演更缺少计划性。它们杰出的理由之一是它们本该杰出，其中还有那么多理由，不是源于表演的天分，与眼睛、语调、手势也没有一点关系。

舞台艺术的荣耀就是饰演激情，以及激情的转变；激情越粗糙、越明显，表演者就越能控制住现场观众的视觉和听觉。为此，责骂的场景，两个人谈着谈着发了一阵脾气的场景，然后以一个令人惊讶的方式到怒气平息的场景，都一直是舞台上最受欢迎的。理由是显而易见的，因为这里的观众最容易被吸引，所以他们是唇枪舌剑中合适的法官，他们应该是围绕着这样的"知识职业拳击手"相成的合法的拳击场。这里讲话是模仿的直接对象。但在最好的戏剧中，特别是在莎士比亚的戏剧中，讲话的形式——无论是戏剧独白还是对话，都是唯一的媒介，而且通常是一个极其虚假的形式，这些都是非常明显的，因为读者和观众要拥有人物内心结构和活动的知识，否则会因缺少直觉的天赋而达不到那种写作形式。我们就按照用书信体所写的小说那样做，为了总体给我们形成的快乐的感觉，在《克拉丽莎》和其他的作品中，我们得忍受多少书信写作中的不得体的语法表述。

但是舞台表现的实践使一切成为有争议的演说。从巴雅泽喧闹的诽谤到女性的胆怯，每一个人物必须表演演说。《罗密欧与朱丽叶》中，这些恋人间甜美的爱情对白；奥赛罗或波斯蒂默斯与他们已婚妻子之间亲密和神圣甜蜜的婚礼谈话，所有那些在阅读时感受到的令人愉快的美味佳肴，就像我们读到伊甸园里的那些年轻人的风流韵事——

> 就像一对美丽的夫妇，
> 在幸福的婚姻联盟中所做的那样。

由于舞台表现的固有缺陷，这些东西如何被玷污，并且如何被暴露在一大群聚集在一起的人中而使他们的天性转变；例如，伊莫金对她的主人发表的演讲，慢吞吞地出自一个雇佣演员之口，虽然名义上是向拟人化的普修默表白，但她的求爱显然是针对观众，由他们来判断她的亲热和她爱情的回报。

哈姆雷特这一人物，从贝特顿时代就有很多受欢迎的表演者野心勃勃地想要让自己一演而出名的角色。角色的长度可能是原因之一。对于人物本身，我们要让他置身于戏中，因此我们要因他是否能戏剧性表现一个合适主题来加以评价。该剧本身格言和警句比比皆是，因此我们认为它是一个传播道德教育的适当载体。哈姆雷特自己，作为一个公众的教育者被拖出来给人群演讲，他得遭受什么样的痛苦？哈姆雷特的所为百分之九十九是他自己和他的道德感之间的相互影响，是他独自沉思的流露，他退到角落和宫殿的最隐蔽的地方去倾诉；或者说，独白正是他胸中迸发出来的冥想，为了读者的缘故变成话语，否则读者一定还不知道发生了什么。这些深刻的痛苦，这些光和噪声的憎恶沉思，这言语缺失敢于对充耳不闻的墙壁和房间表达的沉思，它们是怎么能通过一个比比划划的演员表达出来的？它们来到观众面前装腔作势地说出，使四百人立即成为他的知己呢？我说这不是因为演员的过错才这样做，他必须清晰地表达，他必须用眼神伴着话语，他必须通过眼睛、声调或手势，把它们暗示给他的听觉，否则他就失败了。在他出现在舞台的整个过程中，必须自始至终都要思考，因为他知道所有的观众一直都在评价着。这就是扮演一个害羞的、疏忽的、过隐居生活的哈姆雷特的方式。

的确，没有其他的方式能像这种方式一样向大部分观众传达诸多思想和感受，否则观众永远不会在自己阅读作品时领悟这些。但我知道，用这种方式获得的知识可能是不可估量的，我不是说《哈姆雷特》不应该上演，而是《哈姆雷特》在多大程度上上演就是另一件事了。我听说过很多加里克表演这个角色的奇闻轶事，但因为我从未见过他，我必须表示怀疑，是否这样角色的表演属于他的艺术范畴。那些向我提起他的人，说到他的眼睛，说到他眼睛的魔力和他威严的声音：一个演员非常出色的生理特质，没有这些特质，他永远不会让观众理解这出剧的意义——但是它们如何表现哈姆雷特？它们与智力有什么关系呢？事实上，那些戏剧旨在表现的东西，就是要吸引观众的眼睛关注形式和手势，以便更好地听清演员所说的话：不在于人物是什么，而是他看起来如何；不是他说了什么，而是他如何说。没有什么可以阻碍我继续这么想，如果《哈姆雷特》这出剧由像班克斯或利洛这样的作家重写，保持故事的情节，但是完全忽略剧中所有的诗歌，莎士比亚所有的神来之笔，他惊人的智力，还有足够激情的对话，这是班克斯或利洛从来不会忘记加上的。我没有看到对于这种效果听众会作何反应，也没看演员自己代表莎士比亚表演，或者代表班克斯或利洛表演对我们来说有何不同。哈姆雷特仍然是一个年轻有为的王子，必须被优雅地扮演；他可能内心困惑，行动上犹豫不决，对奥菲莉亚看似残酷，他可能会看到一个幽灵，对他发问；当发现是他父亲的幽灵时，亲切地与之交谈。这一切，曾咨询观众的口味，用自然界中屈从的爬行物的贫瘠和朴实的语言来表达，不用为此事麻烦莎士比亚，我只看见演员尽其所能去尽情发挥。因为那些人并不比想象中的有多难写作和表演，这是一个很容易达到的技巧；它只不过是声音中上升或下降的一两个音符，带着明显预知的表情低声宣布它的临近，任何情感假冒的外观都那么具有传染性，所以就让这些话语成为它们所表达的吧，让神情和语调传递吧，让深厚的表演技能表现激情吧。

人们普遍认为，莎士比亚的戏剧非常自然，大家都能理解。实际上，它们扎根于自然，如此之深以致超出我们大部分人所能想到的。你会听到同样一群人说，《乔治·巴恩韦尔》是很自然的，《奥赛罗》是很自然的，而且它们都是非常深奥的，对于他们，它们是同一类的事物。他们坐在那里看一出戏，流着眼泪，因为一个优秀的年轻人被一个调皮的女人引诱犯了一个微不足道的小过失，一个叔叔实施了谋杀，[①] 所以就有了不合时宜的如此动人的结局；而另一出戏，因为一个嫉妒的黑人杀死了他无辜的白人妻子：有百分之九十九的人愿意看到同样的灾难发生在两个英雄身上的可能性，并认为绞刑应归咎于奥赛罗而不是巴恩韦尔。在奥赛罗心里，内心结构不可思议地揭露了其所有的优势和弱点，其英雄的信心和凡人的疑虑，来自爱之深处的恨之痛。他们看到的只是那些更廉价的观众，那些支付一些便士便能在莱斯特广场用望远镜观看到月球的内部结构和月球地形的观众。他们看到一些模糊的事物或其他东西，他们看到一个演员表演着一种悲伤愤怒的激情，比如，他们认为这是这种激情的常见的外部效应的复制品，或者至少是在剧院里传递着的这种情感的象征，因为通常就是这样的；悲剧的唯一价值在于激情源于伟大或英雄的本质。——普通的听众知道这点，或者通过演员的大声疾呼就可以有任何这样的观念；——让他们感到陌生的恐惧应该由暴风雨注入到他们的头脑中；我无法相信，也不明白这是怎么成为可能的。

我们谈谈莎士比亚对生活令人钦佩的观察，因为我们应该感觉到，莎士比亚获得了这些美德和知识的灵感，不应该只是询问那些就像围绕着我

---

① 如果这个注释有望入经理的眼睛，我会以两个画廊的名义恳求他们，这种对普通伦敦人的道德的侮辱应该停止，不要在假日里永远重复。为什么一遍又一遍地用乔治·巴恩韦尔令人作呕的布道而不是用娱乐形式，来对待这个著名且管理良好的城市的学徒？为什么在他们的远景的尽头，我们要放置绞刑架？如果我是叔叔，我不会像我的侄子那样在他眼前发生这种事情。在这样轻微的动机下叔叔进行谋杀，这确实是太微不足道了；主要归咎于像米尔伍德这样的人物；它把年轻人可能永远不会想到的东西放进他们的头脑里。考虑到他们生命的叔叔们，应该适当向张伯伦请愿加以反对。

们身边一样围在他身边的卑微的群众演员，而是应该从他自己的思想，借用本·琼斯的作品中的一个词语——"人类的范围"中获得，或者说从部分中认识整体；有时候我们低估了他积极创造的人类心灵的固有才能，只有他把相应的美德拖延，才能响起一个完整而清晰的回音。

再回到《哈姆雷特》。在那个精彩人物的明显性格中，最有趣（也最痛苦）的一个是，使他严厉对待波洛涅斯的闯入的那种精神痛苦，他与奥菲利娅见面时表现出的粗暴。一个精神失常者的这些特征（要不是后来我们看到他们深深的爱情与假装的无礼混在一起，致使她对他们之间断绝往来有所准备，后来就再也找不到他必须做的那么严肃事情的时机了。），正是他一种性格的体现，这与我们对哈姆雷特的钦佩相调和，对他处境的最耐心的考虑是必要的。这是我们后来理解的，通过他的完整性格加以说明，但是当时是苛刻的和不愉快的。然而，演员给观众有力的视觉冲击，这是演员必需做的。我从来没有看过这样性格的演员，他不夸张，尽可能地应变这些含糊的特点——性格当中暂时的畸形特征。他们让他对波洛尼厄斯表现出粗俗的嘲笑，完全丧失文雅，没有任何解释可以令人满意。他们使他蔑视一切，讨厌奥菲莉亚的父亲——其最严重的形式是最可恨的蔑视，但是因为它，他们赢得掌声：人们说这是自然的。也就是说，语言是轻蔑的，演员表示蔑视，并且他们可以判断：他们从不想问为什么那种嘲笑如此多。

至于奥菲利娅——我见过的所有哈姆雷特，都对她大喊大叫，好像她犯了很大的错，观众都非常满意，因为这个角色的话语是讽刺的，而且话语通过脸部和声音使讽刺的愤怒得到最有力的表达。但是那时，观众从未思考过是否哈姆雷特有可能对他深爱的女士表现出那样残酷的表情。事实是，在所有哈姆雷特和奥菲利娅之间存在的深切情感中，有一股额外的爱（如果我斗胆使用这一表达），在任何巨大心痛，尤其是在心灵上无法沟通之时，用一个临时异化的语言，承认沉溺于表达自己的悲伤，即使对其最亲爱的人；但它不是异化，这是一个纯粹的忧伤，所以它总是让自己被那个人的感受所充斥：这不是愤怒，但是悲伤是假设愤怒的样子——爱笨拙地伪造恨，就像当他们试图皱眉来强装甜蜜的笑脸，就像哈姆雷特被迫装出的这种严厉和激烈的厌恶，不是伪造的，而是绝对厌恶的真正面孔——不可调和的异化的真正面孔。据说他装疯卖傻，但是他到目前为止只能把这种假装的装疯卖傻当作他真正的分心使他离开；那是不完全的，不完美的；不是用那种证实的、实践的方法或是像德姆·奎科利所说，"就像一个卖淫的演员"。

我没有不尊重任何演员，但对我来说，莎士比亚的戏剧在表演中给予的快感对我来说根本不同于观众从其他作家那里获得的。因为他在本质上与其他作家是如此不同，所以我要说在区分所有等级表演的本质上存在一种东西。事实上，难道谁会漠不关心地提到《赌徒》和《麦克白》是很好的舞台表演？就像称赞 S 夫人的麦克白夫人那样称赞贝弗利夫人。柏尔维德拉、卡莉、伊莎贝拉，以及尤芙瑞霞，他们没有伊莫金那样深受喜爱，或者不如朱丽叶，或者苔丝狄蒙娜，或者剧中的女性表演者不像其他剧中的那样伟大，难道加里克表现不出众吗？难道他不想自己辛苦创作出来的拖长声音说话的每一部悲剧中的人物能出人头地吗？——希尔一家、墨菲一家和布朗一家的作品——作为同莎士比亚不可分开的随行者，他应该很荣幸永远留在我们的脑海中吗？一个相似的心灵！哦！谁能朗诵那暗示着莎士比亚将成为职业演员的动人的十四行诗：

> 哦，为了我你责备命运女神，
> 她是造致我不端行为的主犯。
> 她不曾想要改善我的生活，

让我随俗谋生，举止犹如草野贱民。

于是，我的名字被打下烙印；

我的天性几乎被征服，

如同染工之手被职业所玷污。

或其他忏悔：

唉！这是真的，曾经常四处游荡，

成为一个众人耍戏的小丑，

轻贱自己的思想，廉价出售最贵重的东西。

谁能在莎士比亚的作品中阅读到这些嫉妒和自我警觉的实例？梦到他和其他之间的相同点，传统上讲这人仅是一位演员，让他的思想带有最低级演员的恶习——羡慕、嫉妒、痛苦地渴望热烈的掌声，这人在职业发展过程中甚至嫉妒挡他路的女性表演者；或者这人是有管理技巧、策略及手段的经理：任何相似之处应该是梦见他和莎士比亚之间，莎士比亚充分意识到自己的能力，高贵而谦虚，我们既不可模仿也不欣赏，因此他用自己的缺陷感表达自己：

希望自己如君般前程似锦，

拥有他的容颜，如他享有友谊，

渴望君之才能，向往君之见识。

我不愿否认加里克具有莎士比亚仰慕者的优点。他当然不是一个真正

的羡慕其优点之人，因为一个真正的羡慕他优点的人，会承认他无与伦比的创造，就像泰特和西伯这样粗俗的垃圾，以及其他人，

他们敢用自己的黑暗冒犯他的光芒。

　　强加到莎士比亚的戏剧里吗？我相信这是不可能的，他可以对莎士比亚有适当的尊敬，并屈尊完成《理查三世》内插的场景，其中理查告诉他的妻子他爱上了另一个女人而令他的妻子伤心不已，并且说，"如果挺过这些，她就是不朽的。"但我不怀疑他把这个庸俗的东西像任何真正的部分一样作为重点的焦虑，至于表演，这和任何部分一样是计划好的。但是我们最近看到理查这一角色给表演他的演员带来了巨大的名气，它让我们懂得表演的秘密，从表演方面对莎士比亚进行通俗的判断。见证了 C 先生扮演角色的努力，观众没有一个人观点适当：理查是一个非常邪恶的人，把孩子们杀死在他们的床上，有点像是儿童书籍中的巨人和食人魔。此外，他非常精明，有着恶魔般的狡猾，因为你可以从他的眼睛看出这点。

　　但实际上，这是我们在阅读莎士比亚的理查时该有的印象吗？当我们做的就像在舞台上把它误认为是像屠夫一样的表现时，我们感觉恶心。把对他罪行的恐怖和我们所感觉的印象混合在一起，但是以他展示的丰富知识，他的智谋，他的机智，他轻松的心情，他广博的知识和对人物的洞察，又是如何限定的？如何进行的？他的诗歌部分，一点儿也没有在 C 先生表演方式上能感受得到的东西。只有他的罪行、他的行动是可见的，他们很突出很显眼。谋杀者站了出来，但崇高的天才，巨大能力的人——深刻、诙谐、多才多艺的理查在哪里？

　　事实上，莎士比亚的角色对他们的行动多是沉思者，而不是兴趣盎然和充满好奇心的人，当我们阅读他的作品时，其中任何一个罪犯——麦

克白、理查，甚至伊阿古，我们都感觉不到他们犯下了那么多的罪行，如野心，有抱负的精神，促使他们跳过那些道德的栅栏的智力活动。巴恩韦尔是一个讨厌的凶手，他的脖子和绳索之间有一定的适应性；他是断头台的合法继承人，根本没有人会认为在一些缓解的情况下，能使他成为怜悯的对象。或者从更崇高的悲剧中举个例子，除了一个刺客还会是别的什么吗？我们想到的只是他所犯的罪，以及他应得的刑罚吗？这就是我们所认识的他。然而在莎士比亚喜剧的相应人物中，行动似乎相对来说对我们影响那么少，以至于虽然冲动，但所有变态的伟大中的内部信念是纯粹而真实的、唯一值得注意的，他们只是相对没有犯罪。但比较而言，当我们看到这些所代表的东西，他们的行动是一切，他们的冲动是无关紧要的。通过麦克白所发出的那些恐怖的意象，我们被提升到崇高的情感状态。他的游戏时间，直到有人叫他去谋杀邓肯的铃声敲响庄严的前奏——当我们不再在书中读到，当我们放弃拥有胜过看见的抽象的有利条件，来看看我们眼前实际上准备谋杀的那个有着人的身体形态的人。就像我们在 K 先生表演的角色里目睹的，如果表演是真实的、令人印象深刻的，对于行为痛苦的焦虑，自然渴望防止它；然而似乎不是犯罪，太接近现实紧迫的外表，给人以摧毁所有喜悦的痛苦和不安，这喜悦是书中文字所表达的，这里行动从不用存在的痛苦感来给我们施加压力：如果它与所有的时间相关，过去的和必然的东西似乎属于历史。单就这个而言，崇高的形象就是在阅读时我们的思想提炼出来的。

因此，看看李尔的表演——看看一位一无所有的老人拄着一个拐杖在舞台上蹒跚着，在一个雨夜被女儿赶出家门，只有痛苦且令人厌恶。我们要带他去遮风避雨并且安慰他。这就是李尔的表演在我内心产生的情感。但是莎士比亚的李尔表演则不同，他们模仿他走进暴风雨那种可鄙的体制，比起舞台上的弥尔顿的撒旦，或者米开朗琪罗画中一个可怖的人物，更能代表真实的恐怖元素。李尔的伟大不在于其身材尺寸，而在于知识：他的情感爆发是一座可怕的火山，它们是翻起的风暴，暴露出海底所有巨大的财富，这就是赤裸裸地展现他的思想。这种情况下，即使他自己忽略了它，考虑血和肉似乎太微不足道了。在舞台上，我们只看到其肉体的软弱和无力，愤怒得无能为力；当我们读它，我们看不到李尔，而我们自己是李尔——我们在他心目中，我们被阻碍女儿和风暴的恶意的伟大支撑着。他理性失常，日常生活失去条理，但发挥其力量，就像风在任意吹向人类的腐败和滥用。相貌如何能识别出其年龄的崇高与否？当他因纵容他孩子的不公正而责备她们，他提醒她们说"你们自己会老吗"？对此我们用什么样的手势恰当呢？声音或眼睛怎样表达此类事情？但戏剧超越了所有艺术，因为它的影响表明：它太困难、残酷，它必须有爱的场景和一个快乐的结局。这是不够的，考狄利娅是其中的一个女儿，她也必须最重情义。为了加里克和他的追随者，泰德把钩子放到利维坦的鼻孔里，表演者的场景更容易吸引周围强大的野兽。一个快乐的结局！好像李尔经历了活着的殉难——痛打他活生生的感情，在生活的舞台上这些苦难没有公正地考虑李尔唯一高雅的东西。如果他以后要是快乐地生活，如果他以后能够维持这个世界的负担，为什么要用这一切的搅乱和准备，用这一切不必要的同情折磨我们？好像再次得到他的镀金长袍和权杖那孩子般的快乐诱使他继续表演他滥用的地位——好像对于他的年龄和经历，没什么可以留下，唯有一死而已。

《李尔王》基本上是不可能在舞台上表演的。但在莎士比亚笔下有太多戏剧性的人物，尽管比李尔更听话和更切实可行（如果我可以这样说），但在某些情况下，他们性格的一些附属物不恰当地表现在我们身上。例如，《奥赛罗》，通过爱的力量，从某种她爱他优点的意义上，没有什么可以比读到一个最高贵家室的年轻的威尼斯女士更柔和，更能奉承我们本性中高贵的部分。放下对亲情、国家、肤色，以及与摩尔婚礼的考虑——（尽管摩尔人现在因其多种肤色而著称，从而获得白人女人的青睐，但在那时，与我们自己相比，他被表现得或不尊重外国常识，或者符合大众观念。）这是美德对灾祸、想象对感觉的完美胜出。她看到了他心中奥赛罗的肤色。在舞台上，当想象力不再起主导作用，而是我们可怜无助的感觉时，相反，我呼吁每一个看过奥赛罗表演的人，是否使奥赛罗对他的肤色沉思？是否他在奥赛罗和苔丝狄蒙娜求爱和结婚的爱抚中找到一些非常令人恶心的东西？是否真正看到的东西胜过我们在阅读时所有美丽和解？——而且这样做的原因显而易见，因为有太多的现实呈现给我们的感官，给人一种看法分歧，不再充分相信压倒和调和第一个也是明显的偏见的内部动机——所有看不见的一切。[①] 我们在舞台上看到的是身体和身体的动作；我们在阅读中所意识到的几乎完全是思想及其运动。我认为，这可能充分解释了因同一部戏剧经常会影响在我们的阅读和观看戏剧时而有的一种非常不同的快感。

如果在自然的范围内莎士比亚作品中的人物，本身有些太过分诉诸于想象的东西，承认没有遭受转变和缩减就成为感受的对象，这是它不需要感知反应的，——而且这强烈的反应必须靠表现人物的另一方法，莎士比亚已经把它引入了一种野性和超自然的力量，好像把他们从同化到他们

---

① 因为在阅读时奥赛罗的肤色没有冒犯我们，在我们观看时也不应该冒犯我们，这种假设的错误，就是这样一个荒谬的假设，一幅画中的亚当和夏娃就像在诗歌中一样会影响我们。但在诗中我们有片刻天堂的感觉，当我们看画中没穿衣服的男人和女人时，天堂就消失了。画家自己感觉这一点，就像他们求助于尴尬的转变那样明显，使它们看起来不太赤裸裸；通过使无花果叶的发明提前的一种预言的时代错误。所以在阅读剧本时，我们看到苔丝狄蒙娜的眼睛；在观看它时，我们被迫用自己的眼睛看。

的卓越应该通俗地存在的共同生活。当我们读到《麦克白》中那些可怕的人——女巫的咒语时，如一些地狱般的怪诞的香气成分组合，仍然对我们有影响，而不是可以想象的最严重和令人震惊的事。难道我们不觉得像麦克白似的着魔吗？任何欢乐都伴随他们的存在意识吗？我们不妨在邪恶意识本身是真实地与我们存在的原则下大笑。但是，试图把这些人物搬上舞台，你立即把他们变成男人和孩子们都会嘲笑的众多老女人。一反"眼见为实"的俗话，所见实际上摧毁了信心：当我们看到舞台上的这些人物时，这种令我们沉浸在他们的表演带来的欢笑，似乎是对我们阅读时深信他们令我们产生的恐惧的一种补偿——当我们因诗人而屈服于理性，就像孩子因护士和他们的长辈而屈服于理性一样。我们嘲笑我们的恐惧，就像孩子在黑暗中看到了一样东西，拿一根蜡烛揭示了真相的胜利，说明恐惧的无意义。因为舞台上这种超自然的暴露是真正的拿一根蜡烛暴露自己的妄想症。那是孤独的微光和书籍对这些恐惧产生信心：吊灯灯光下的幽灵不会欺骗观众，就如同一个用眼睛看到的幽灵，像人一样悠然自得。一个灯火通明的房子和穿着讲究的观众不会让最紧张的孩子有任何忧虑：正像汤姆·布朗说，穿着坚不可摧盔甲的阿喀琉斯的皮肤坚不可摧，"布利·道森会凭借这种优势战胜魔鬼"。

许多人已理所当然地谈过，德莱顿斥责《暴风雨》为邪恶的混合：毫无疑问没有这样恶毒。那个时期不洁净的耳朵永远不会满足听到那样纯洁的爱情，就像费迪南和米兰达那样甜蜜的爱情。但是莎士比亚的《暴风雨》是舞台表现的主题吗？读一个魔法师的书是一回事，相信我们阅读时奇妙的故事。但有一位穿魔术长袍的魔术师被带到我们面前，身边带着他的精灵们。在幕前应该只能看到他自己和几百位观众，涉及到大量可恶的令人难以置信的事，我们所有对作者的敬畏并不能阻碍我们从感官上感知到如此幼稚的行为在很大程度上是幼稚和低效的。精灵和仙女不能被表演，甚至不能被描画——他们只能被相信。但精心准备的舞台布景是那个时期舞台的豪华要求，在这种情况下，作用就与原来的预期恰恰相反。在喜剧或熟悉生活的戏剧中，它增加了许多对生活的模仿。在要求有更高能力的戏剧中，它则积极地摧毁它被引入的幻觉。一个会客室或一个客厅——一个开向花园的图书馆，里面有一个壁龛的花园，一条街道，或者考文特花园广场都是一处好场景。我们愿意尽可能多地给予它所需的赞美，或者说，我们几乎没有考虑到，页首的"场景，一个花园"，几乎没有什么可阅读的。我们没有想象我们自己就在那里，但是我们愿意承认对熟悉事物的模仿。但是借助所画的树木和洞穴，我们知道这是画出来的，去思考，把我们的思想传递给普罗斯佩罗，以及他的岛屿和他孤独的小屋；①或者在说话间隙，用灵巧的手拉小提琴让我们相信我们听到了那些海岛上充满超自然的声音——在干草市场演讲者奥雷里可能希望，他聪明地站在他的仪器后看不见的地方，通过他的音乐眼镜，让我们相信我们确实听到水晶球发出响声，如果这声音长久围绕我们的想象，弥尔顿认为：

> 时间会倒流，取回黄金年龄，
>
> 有斑点的虚荣心
>
> 将很快生病死去，
>
> 麻风罪将从尘世模具溶化；
>
> 地狱本身也会死去，
>
> 把忧伤的豪宅留给凝视的日子。

---

① 人们会说，这些事情都被做成画，但画面和场景是非常不同的事物。绘画本身是一种话语，但在风景画中，有一种欺骗的企图：在被画的风景和真实的人物之间有一种无法弥补的不和。

　　我们的远古祖先居住的伊甸园，同魔法岛一样将被展现在舞台上，以及依旧那么有趣而无辜的第一批定居者。

　　如此焦急地参与我们舞台的布景与服装紧密相连。记得我最后一次看上演的《麦克白》，我感觉到它在服装变化上的差异——不断变化的戏服，就像一位做弥撒的天主教神父。舞台改进得很豪华，公众视觉需要这些。苏格兰君主的加冕长袍与我们国王去国会大厦时的穿着是完全对应的，只是更充分和烦琐，并佩戴有貂皮和珍珠。如果事情必须有所表现，我没法吹毛求疵。这在我们阅读时，能注意到穿什么服饰吗？一些皇室暗淡的意象——王冠和权杖——可能浮现在我们眼前，但谁能描述它的时尚？在我们的脑海里，我们看到韦伯或任何其他的制袍者以图案装饰了吗？使事物自然是模仿的必然结果。然而一个悲剧的阅读是一种很好的抽象思维。那么多的身体外观呈现给我们，让我们觉得我们血脉相连，而想象的更大和更好的部分是在思想和性格的内部机制上体现的。但在表演、场景、服饰方面，这些最可轻视的事情，要求我们来判断它们的自然性。

　　与我们在阅读戏剧时发现的安静的喜悦相比，上演的那些好剧的快乐和一个评论家，或者不是评论家的人阅读好诗时不同的感觉是没有可比性的。被要求判断和发音的令人讨厌的关键习惯，它与前者必须是完全不同的一件事。在看到这些戏剧上演时，我们像法官那样深受影响。当哈姆雷特把格特鲁德第一任和第二任丈夫的两张画像进行比较时，会有谁想看这画像吗？但在表演时，必须得拖出一个缩影。我们知道那不是画像，而只是很好地展示微型人像画所代表的。这一切的展示使所有事物等同：这使诡计、鞠躬、屈膝礼非常重要。S女士一向默默无闻，但因通过她在《麦克白》的宴会现场解散了客人这一表演而名声大噪。因为她的一个惊悚的音调或令人印象深刻的外表而谙熟于心。难道像这样的一件小事让读者想象那狂野、精彩的场景吗？难道思想会尽可能快地解散欢宴者吗？难道它在意这样做是否优雅吗？但是，通过表演和评论表演，所有这些有害于戏剧主要利益的非必需品，都要加以重视。

我把我的评论局限在莎士比亚的悲剧部分，把研究扩展到喜剧不是什么困难的任务，并说明为什么福斯塔夫、沙洛、休米·伊万斯爵士，以及其他人物与舞台表现同样是矛盾的。因为目前没有深入这一研究主题，恐怕这篇论说的长度会使戏剧的业余爱好者对它鄙夷不屑。

托马斯·德·昆西

托马斯·德·昆西（1785—1859年），出生于英国曼彻斯特，父亲是一位有文学品位的商人。他是一个早熟的学生，因反抗校长的暴政离家出走，在威尔士和伦敦游荡，有时几乎是一贫如洗。他与家人和解后，被送到牛津大学，在此期间开始吸食鸦片。后半生主要和华兹华斯、柯勒律治一起在湖泊区度过，后来去了伦敦，终老于爱丁堡。因无法放弃对毒品的依赖，由毒品所引发的慢性疾病始终未得以治愈。

德·昆西的大部分作品都是在期刊中发表的，涉及很多学科门类。他博览群书，智慧过人，但缺乏实践能力。虽在金钱方面慷慨大方，但其写作方面的理性思维往往使他以一种批判的眼光去分析朋友的性格，有时甚至招致误解。

1821年，他发表了根据他自己的经历创作而成的最著名作品《一个英国鸦片服用者的自白》，大获成功，并长久保持其经典之作的地位。与此同时，他在文学和哲学方面的著作，也显示出他清晰准确的写作风格，有时他的精确思维也会导致他在深入探讨方面过于吹毛求疵。在他所谓的"激情的散文"中，接下来的这篇随笔最具代表性，开创了一个无人超越的领域。透过他的作品所折射出的思维力量将他的想象力提升至令人赞叹的境界。

女性的悲伤

在牛津，我常在梦中见到莱瓦娜，我认识她是通过她的罗马象征。谁是莱瓦娜？读者，不要假装因为太学术而有那么多空闲的时间，不要因为告诉你这些而同我生气。莱瓦娜是罗马女神，司掌新生婴儿，最早的高尚仁慈事务，其形象随处可见，非常典型，有着男人的宏伟气势，其力量是无形的，温和仁慈，甚至在异教世界也屈尊维持这权力。刚一出生，婴儿第一次呼吸到我们多灾多难的星球的空气，他被放在大地上。但随即，生怕那大的生物多趴在那一会儿，要么是父亲的手（作为女神莱瓦娜的代理），要么其近亲属（作为父亲的代理），把她竖直扶起，让她看起来像世界之王那样挺立，把她的头转向星星，也许她心中在说："天下万物，唯我独尊！"这象征性的行为代表莱瓦娜的作用。那神秘女子，从未露过她的面孔（除了我在梦中见过），但总是委派人来行事，其名字来自拉丁语的动词（也是意大利动词）"levare"，举起之意。

这是对莱瓦娜的解释，因此就出现，一些人通过莱瓦娜懂得控制幼儿园教育的监护权。她，不会因婴儿出生时，因她可怕的监护而遭受预示的或模仿的堕落，她也本不该因婴儿各项能力未发育而忍受真正的堕落。她因此监视人的教育。

现在"edŭco"这个词（倒数第二短），在语言的结晶过程中，源于"edūco"（倒数第二长），或者是 educes 发展成 educates（教育）。因此，通过莱瓦娜，教育意味着——不是由拼写和语法课本转动的运转不良的机器，而是由隐藏在人类生活深处的中心力量的强大的系统运转着，通过激情、冲突、诱惑、抵抗的能量，永远为孩子工作，日夜不休，就像一个日夜航行的巨轮，时间就是永不休息的辐条，正在运转中闪着光。

那么，如果这些是莱瓦娜工作的部门，她必须多么深刻地尊重悲痛的机构！但读者！你想想，孩子们不可能像我这样地悲痛。"generally"这一单词有两个意义——在欧几里德看来，意思是"普遍地"（或属于整个范畴）；从这个单词的荒谬意义来讲，就是"通常地"。现在，我不是说孩子们普遍都能像我那样地悲伤，但是在我们这个岛国，你应该听说过有很多的孩子死于悲伤，我要告诉你一个常见的情况。伊顿公学的规章制度要求，基础阶段的孩子应该在该校学习12年，到18岁就被勒令退学，因此必须六岁便来学习。在那个年龄就从母亲和姐妹们身边被硬行拉走的孩子们时常死去。我要实话实说。教务主任不把这种抱怨称为悲伤，但那就是悲伤。在那个时代，那种悲伤，扼杀了许多孩子，其数目超过曾经被算作烈士的人。

因此，正是莱瓦娜与权威人士的交谈动摇人心：所以她宠爱悲伤。当看到与莱瓦娜交谈的大臣们，我轻轻地对自己说，"这些都是悲伤女神，她们是三位，因为用美装点男人的生活的优雅女神有三位；那些在他们神秘的织机上编织男人生活的黑色挂毯的命运女神有三位，总是部分用悲伤的颜色，有时因悲惨的红色和黑色而生气。由于严重犯罪而遭受惩罚来此的复仇女神有三位，甚至缪斯女神也有三位，手执竖琴、小号或鲁特琴，相称于激情创作的巨大负担。这些都是悲伤女神，三人我都知道。"

现在我说最后的话语，但在牛津我说过，其中一人我知道，其他人我也肯定会知道的。在我的热情青春里（昏暗中对我的梦想的黑暗背景长出了一口气），我已经看到这些可怕的姐妹不完美的轮廓。这些姐妹，我们应该怎样称呼她们呢？如果我简单地说，"悲伤女神"，就有可能误解这一术语，它可能被理解为个人的悲伤，不同情况的悲伤，而我想表达强大的抽象概念，体现在人的心中所有个人的痛苦；我希望把这些抽象方法看作模仿，也就是说，披上人类的生命属性，披上表示肉体的功能。因此，让我们称她们为"我们的悲伤的女士们"。

我完全了解她们，并曾走进她们所有的王国。她们是一个神秘家庭的三姊妹，她们的人生之路相距甚远，但她们的统治没有尽头。我经常看到她们与莱瓦娜交谈，有时谈到我自己。那么她们用语言讲话吗？哦，不！像这些强大的幻影不属于软弱的语言。当她们存在于人类的心中时，她们可能通过人的器官发出声音，但她们之间没有声音，也没有声响，在她们自己的王国里永恒的寂静主宰一切。当她们跟莱瓦娜交谈时，她们不说话，不耳语，也不唱歌。尽管有时我想她们可能曾唱过歌，因为我听过她们在地球上常常由琴和鼓、杨琴和风琴破译的奥秘。她们是上帝的仆人，像上帝一样，她们不是用死去的声音，或者用跑题的话语表达自己的快乐，而是用天堂的迹象，地球的变化，秘密河流的脉冲，黑暗中画的徽章，大脑里刻写的象形文字。她们在迷宫中旋转，我拼写这步骤。她们从远方发指令，我阅读这信号。她们一起密谋，我的眼睛在黑暗的镜子中探求这计谋。她们的是符号，我的是话语。

这三姐妹究竟是什么人？她们究竟做了些什么？如果让我描述她们的形态，以及她们的存在，形态仍在它的轮廓里波动，或者存在永远领先，或者永远在阴影里消退。

三姐妹中年龄最大的叫"哭泣圣母"，她会日夜咆哮和呻吟，召唤着消失的面孔。她站在拉玛，那里听到了一个哀歌的声音——是雷切尔在为她的儿女哭泣，不肯接受安慰。当希律王的剑横扫无辜者的保育室的夜晚，是她站在伯利恒，小小的脚永远僵硬。有时，会听到她们在头顶地板上蹒跚，在家人心中唤起爱的活力，在天堂里留下印记。

她的眼睛可爱而敏锐，疯狂而朦胧；有时超越云朵，有时挑战天堂。她头戴王冠，通过儿时记忆我知道，当她听到祈祷文的哭泣或风琴的雷鸣，当她看到夏季云朵，她能随风而去。就是这位大姐姐，在她的腰间携带比教皇还多的能打开每一小屋、每个宫殿的钥匙。据我所知，她去年整个夏天坐在盲乞丐的床边，我和他时常快乐地交谈，他虔诚的女儿，只有八岁，阳光般的面容，忍受着玩耍和乡村欢乐的诱惑而整天陪着备受折磨的父亲沿着尘土飞扬的道路行走。为此上帝送给她一个巨大的回报。这年春天，当她自己的春天萌芽，她自己回忆起她，但是她的盲眼父亲永远为她哀痛。在午夜她仍然梦到，那小小的手牢牢牵着他的手，她在黑暗中醒来，发现仍然黑暗甚至更黑暗。1844—1845 年，这位大姐姐在沙皇的卧室里一直坐了整个冬天，在她眼前一个女儿（非常虔诚）突然消失到了上帝那里了，留给她一个深邃的黑暗。就是凭借钥匙的威力，我们的圣母，从恒河到尼罗河，从尼罗河到密西西比河，幽灵般地滑入失眠男子、失眠女子、失眠孩子的卧室。因为她是第一个在她的房子里出世的，她有最广阔的帝国，让我们冠以她"麦当娜（圣母玛利亚）"的荣誉称号。

　　第二个姐姐被称为"叹息圣母"。她从不攀登云朵，不随风而去，她也不戴王冠。如果看她的眼睛，它们既不可爱也不敏锐，没有人可以读懂它们的故事，眼里充满了死亡的梦想，以及被遗忘的谵妄的残骸。她从不抬起眼睛，她的头裹在一个破旧的头巾里，永远低垂，永远附着灰尘。她不哭泣，不呻吟，但她悄无声息地间隔性叹息。她的姐姐麦当娜常常激烈、疯狂，对着天堂的最高处大发脾气，向她的亲爱的人做要求。但是我们的叹息圣母从不大声地要求，从不公然反抗，从没有叛逆的梦想。她有卑微的绝望，以及无望的温柔。她可能私下抱怨，但那是在她的睡梦中；她可能低声耳语，但那是在黄昏中，自言自语。有时在像她一样孤独的荒凉的地方——在城市废墟中，她含糊地说话，太阳已经下山去休息。这位姐姐是南印度的最下级民、犹太人、地中海大帆船上划桨的奴隶的访问者；在芳香遥远的英国被从"纪念册"中涂掉的英国诺福克岛上的罪犯的访问者，眼睛永远盯着一个孤零零的坟墓的困惑的忏悔者的访问者，这对她似乎是神坛被推翻流出一部分血腥的牺牲，神坛上没有祭品可以利用，无论是对于她可能恳求的原谅，还是对于她可能尝试的赔偿。午间每一个奴隶带着怯生生的责备抬头望着热带的太阳，她用一手指点地球——我们共同的母亲，但是支持她拥有一位继母；她用另一只手指着《圣经》——我们共同的老师，但是反对她被密封、被隔离——每一个女人都坐在黑暗中，没有爱笼罩她们的头顶，没有希望照亮她们的孤独，因为天生的本能点燃她们天性中神圣的情感，上帝将它植入女性的胸部，被社会的必需所抑制，现在就像古人中阴森森的墓灯，忧郁地燃烧成废物。每一个修女欺骗她不要返还五月的时光，上帝要审判邪恶的亲戚，每个地牢里的每一个俘虏，所有被背叛的人，所有因传统的法律被抛弃的人，以及带有遗传性耻辱的孩子们——所有这些人都与叹息圣母散步。她也携带一把钥匙，但她几乎不需要它。因为她的王国主要在无家可归的流浪汉的帐篷里。然而，在人类最高层次的散步中，她发现她自己的小教堂，甚至在辉煌的英国，也有一些，完全像驯鹿一样自豪地昂着头，人们悄悄地收下她在他们额头上做的标记。

这第三个妹妹，也是最年轻的那位。嘘，我们谈论她时小声点儿！她的王国不是很大，要不然怎么没有肉体在那生活，但是王国内，所有的权力都是她的。她的头像西布莉头那样是炮塔形，高耸几乎超出目力所及。她不低头，她的眼睛抬得如此之高，可能隐藏在远方。但是，它们是什么，它们是不能隐藏的。透过她所戴的三重黑面纱，有一种不寻常的苦难的凶光，既不为规定也不为晚祷，既不为中午也不为午夜，既不为潮起也不为潮落，也许可以从地面读起。她是上帝的挑战者，她也是精神失常者的母亲和自杀的建议者。她权力的根源深埋，但她统治的国家肤浅。因为她只接近那些由中心的社会动乱而引起深刻性质的动乱的那些人，内心颤抖，在内外阴谋风暴下头脑摇晃的那些人。麦当娜步履摇曳，或快或慢，但仍有着悲剧的优雅；叹息圣母胆怯而悄悄地爬行；但是这个最小的妹妹以不可估量的运动前行，向上跳跃，并与老虎一起飞跃。她不携带钥匙，尽管很少来到人间，但她像暴风雨一般猛冲，她获准进入所有门户，她的名字叫黑暗圣母。

这些是欧墨尼得斯，崇高的女神，我的牛津梦中的优雅女士（因古代战争平息而得名）。麦当娜说话了，她用她神秘的手说话，她触摸我的头，她对叹息圣母说话，她所说的话被无人能懂的符号（除了梦中）翻译成如下内容：

"看！他在这里，在他小时候，我把他献给我的祭坛，他曾经是我的挚爱。我使他误入歧途，我诱骗了他，从天上我偷走了他年轻的心。通过我，他成为偶像；并通过我，煎熬的欲望，他崇拜蠕虫，向虫蛀的坟墓祷告。坟墓对于他是神圣的，它的黑暗是可爱的，它的腐败是圣洁。他，这个年轻的崇拜者，我让他适应你，亲爱的温和的叹息妹妹！你现在带他进入你的心脏吗？去让他适应我们可怕的妹妹。"她转向黑暗圣母说，"最诱惑和最憎恨的邪恶的妹妹，你要把他从她身边带走吗？看，你的权杖重压在他头上。不要折磨在黑暗中坐在他身边的女人和她的柔情，把希望的弱点消除，让宽容的爱枯萎，把眼泪之泉烤干，只有你能那样地诅咒他。所以，他必须在炉中被铸成，他必须看到不应该看到的事情——令人厌恶的情景，不可告人的秘密。他必须读懂古老的真相，可悲的真相，重要的真相，可怕的真相。他必须在他死之前再次站起，上帝给我们的任务必须完成——困扰他的心，直到我们展现了他精神的能力。"

托马斯·巴宾顿·麦考利

托马斯·巴宾顿·麦考利（1800—1859年），扎卡里·麦考利之子，一个因曾经在西印度群岛的生活经历使他成为了一个热心的废奴主义者的苏格兰人。托马斯是个神童，早年时候其写作中展现出的超凡的记忆力就被开发出来。他曾在剑桥大学读书，学习法学，并且在25岁时就为《爱丁堡评论》撰文。在那时，他就形成了自己著名的写作风格。1830年他进入了下议院后，立刻用一场演讲赢得了声誉。1834年作为最高理事会的成员他走访了印度，用三年半时间证明自己是一位有能力的慈善官员。回国后，再次进入国会，在内阁工作。1856年退休，结束了自己的政治生涯。

1844年左右，麦考利的作品主要出现在《爱丁堡评论》——他隶属的辉格党的重要喉舌。现在收录的这些文章可能是英语中最广为人知的评论和历史作品。那些精彩对立的风格，大量的插图，栩栩如生的故事叙述展现在读者面前并给他们带来最高级的阅读享受。晚年作品《英国历史》是英国出版史上最受欢迎的书，同样因高质量而大获成功。《古罗马方位》，以及其他诗作凭借其场面的气势和广为人道的好口碑而获得成功，至今仍有大量的读者。

在麦考利早期作品中有一篇关于马基雅维利的随笔，阐明了他对他平常以外领域的素材的精通。文中文艺复兴时期的意大利，就像他非常熟悉的英国或印度，体现了其简洁流畅、逻辑严谨、阐述清晰的风格，其生动的描述让读者了解了一个伟大人物和伟大时代的理念。

马基雅维利

那些参加过文学法庭的人们清楚地意识到，通过与威斯敏斯特大厅类似的一些法律小说，我们经常能受理超出我们原本管辖权范围的案例。因此，我们几乎不必说，在目前这种情况下，M.佩利埃斯只是诉讼中的某乙，在后续阶段的任何程序中都不会提到他，他的名字只起到把马基雅维利送上法庭的作用。

我们怀疑在文学史上，是否任何名字都那么可憎，就像我们现在建议要考虑的其性格和作品的人的名字一样。人们描述他经常用的术语似乎在透露：他是魔鬼，是邪恶的原则，野心和报复的发现者，原始伪证的捏造者，而且在他致命的《君主论》出版之前，世上从未有过一个伪君子、一个暴君，或者一个叛徒、一个虚伪的绅士，或者一个随意的罪犯。一个作者很严肃地向我们保证，撒克逊的莫里斯从那个可恶的书卷里学到了他所有的欺诈政策。他还说自从它被翻译成土耳其语，苏丹人比以前更对扼杀兄弟的习俗上瘾。利特尔顿勋爵指控可怜的佛罗伦萨人伪装之家的多重背叛和圣巴塞洛缪大屠杀。几个作者暗示了火药阴谋主要归咎于他的学说，似乎认为，在天真的英格兰青年每年都纪念三大社会等级保护的那些游行中，他的雕像应该换成盖伊·福克斯的雕像。罗马教会宣称他的作品为该死的东西，我们自己的同胞在证实他的优点上也不甘落后。从他的姓氏中，他们杜撰了一个无赖的绰号；从受洗时所取的名字中，杜撰了魔鬼的同义词。

不熟悉意大利的历史和文学，毫无恐惧和惊奇地去阅读给马基雅维利带来了如此多的辱骂的著名论文，这对任何人来说都是不可能的。这样赤裸而不知羞愧地显示邪恶，如此冷静、明智、科学的暴行，比起邪恶的人似乎更像一个恶魔。最顽固的流氓对最信任的同伙几乎不加提示，甚至对自己的思想没有诡辩的伪装，或者公开承认，人们声称，这些原则没有丝毫的迂回，还假定这些原则为所有的政治科学的基本公理。

普通读者竟然把写这种书的作者看成是最堕落和无耻的人类，这不足为奇。然而，聪明人总是倾向于以极大的怀疑的视角去看待众多的天使与魔鬼。目前，几种情况已经引导一些庸俗肤浅的观察人士质疑法官的决定。马基雅维利是一个热心的共和党人，这一点让他臭名昭著。在他创作手册《治国之术》的同一年，为了公众的自由他遭受监禁和酷刑。令人难以置信的是，自由的烈士本该故意充当暴政的使徒。因此，几个杰出的作家，努力在这不幸的表现中发现一些隐藏的含义，乍一看起来似乎更符合作者的性格和行为。

一种假设是，马基雅维利打算对年轻的洛伦佐·德·美第奇实行欺诈，这与桑德兰使用敲诈反对詹姆斯二世的情况相同。据说，他要求他的学生使用暴力和背信弃义的措施，作为加速拯救和报复时刻的最可靠的手段。另一个培根似乎同意的假设是，论述只是一种严重的讽刺，意在警告国人反抗野心勃勃的人的艺术。很容易证明，这两种解决办法都不符合《君主论》中的许多段落。但最有决定性的驳斥出现在马基雅维利其他作品中。三个世纪以来，在他发表的所有作品，以及编辑的所有研究中，在他为大众的娱乐设计的喜剧中；在他旨在熟读佛罗伦萨最热情的爱国者的《论李维》中；在他献给最可亲可敬的教皇《佛罗伦萨史》中；在他的公共分派中；在他的私人备忘录里——《君主论》因相同的道德原则上的不正直而遭到如此严重谴责，这多少是可以辨别的。我们怀疑在他的许多作品中，可以找到一种能表明虚伪和背叛曾经让他感到丢脸的表达。

之后，说我们对一些表现出太多情绪，对公众纯洁而温暖，或者只是公民的职责和权利的马基雅维利的作品不熟悉似乎很可笑。但是确实如此，甚至从《君主论》里，我们可以选出许多支持这样言论的段落。对我们这个时期和国家的读者来说，起初，这种不一致完全令人眼花缭乱。整个人似乎是一个谜，一个带着不协调的特质的怪异组合，自私而慷慨，残忍而仁慈，圆滑而淳朴，可怜而浪漫的英雄主义。有这样一句话，老练的外交官在输密码时为他最机密的间谍指明方向：下一个似乎是从一个热心的男孩所创造的关于列奥尼达斯的死亡的主题中提炼出来的。背信弃义的灵巧行为和爱国主义献身的行为唤起同样的善良和尊重赞赏。作者的道德情感似乎立刻变成病态的钝角和锐角。两个完全不一致的角色不仅仅是联合，更是交织在一起。他们是思想中的经纱和纬纱，他们的组合像闪光绸中杂色的线程，使整个结构外观看起来不断变化。如果他一直非常羸弱或易受影响，这种解释可能很容易理解，但他显然既不是第一种又不是第二种。除了所有矛盾，他的作品证明他的理解力很强，审美超功利，对荒谬的感觉敏锐。

这很奇怪，但最奇怪的还在后面。认为那些和他一起生活的人看到了任何令人震惊或不协调的事是毫无道理的。丰富的证据给予准确的预测，他的作品和他的人都在他的同僚中备受尊敬。克莱门特七世资助出版了在下一代特兰托公会议宣称不适合基督徒熟读的那些书籍。民主党的一些成员因把《君主论》奉献给一个生来叫美第奇这样不受欢迎的名字的赞助人而指责部长。但是对于那些曾经已经激起严厉指责的不道德学说也毫不例外地被遏制。他们在阿尔卑斯山脉之外首次提出反对，意大利人听说此事很惊奇。据我们所知，最早的攻击者，是自己的同胞——红衣主教，《反马基雅维利》的作者是法国新教徒。

因此，正是在那个年月的意大利人中间产生的道德情感，我们必须在这种不寻常的人物的生活和作品中寻求真正的但又最神秘的解释。因为这是一种在政治和形而上学的角度启示人们许多有趣思考的主题，在某种程度上我们不必因讨论它而道歉。

在罗马帝国衰亡之后的灰暗和灾难性的时代里，意大利比其他西欧一部分国家在更大的程度上保存了古老文明的痕迹。她突然降临的黑夜正是北极夏天的夜晚。最后一次的日落从地平线上消失之前黎明开始重现。正是在法国墨洛温王朝和撒克逊七王时代，无知和凶猛似乎变得穷凶极恶。但那时，那不勒斯省认识到东罗马帝国的权威，保留了一些东方的知识和细则。有神圣宗教保护的罗马，至少比较安全并可以得到喘息。甚至在古语言的伦巴族人固守他们的君主政体的地区中，在高卢、英国或德国也能找到无比丰富的财富、信息，以及身心舒适和社会秩序。

最出名的意大利不同于周边国家，最重要的是，在早期，其城镇人口就开始增长。在野外和郊区已经建立一些城市，它们是由已经脱离野蛮状态的逃犯来修建的。这些城市是威尼斯和热那亚，他们保留了默默无闻的自由，直到他们能用自己的权力保护它。其他城市，在变化多端的入侵者朝代，在奥多亚塞、西奥多里克、纳尔塞斯和阿尔博因的统治下，似乎还保留着市政机构被赋予伟大共和国的自由主义政策。在中央政保护，由自己的地方官、自己的法律管理的公民，享有相当充分的共和独立。因此强大的民主精神付诸实施，加洛林王朝的主权国家无能力去征服它，奥托慷慨的政策鼓励它。它可能被教会与帝国之间的紧密联盟抑制住，他们的纠纷助长，受到鼓动。在12世纪达到激烈的程度，经过长时间疑惑的冲突，民主精神最终战胜了斯瓦比亚王子的能力和勇气。

该教会的力量极大地促进了圭尔夫派的成功。但是，这成功的利益遭到了质疑。它唯一的影响已经用道德的奴役取代了政治的奴役，以牺牲君王的代价提升教皇的地位。幸运的是，意大利公众的心里长期以来就有着自由观念的种子，其现在被自由制度的亲切影响迅速发展着。那个国家的人民已经观察了整个教会机构，其圣人和奇迹，其崇高的野心和华丽的仪式，其一文不值的祝福和无害的诅咒，太长久、太密切而不能再被欺骗了。他们站在别人带着幼稚的敬畏和兴趣而注视的幕后。他们目睹了滑轮装置和雷的制造，他们看到演员自然的脸，听到演员自然的声音。遥远的国家把教皇看作全能者的代理人，所有明智的神谕，在既不是神学家也不是君主的争议中，任何基督徒都不应该上诉。意大利人熟知其以往的所有罪恶，熟知其通过权力获得的所有不诚实的艺术。他们知道他利用教会的钥匙把自己从最神圣的契约中释放出来。他利用其财富，纵容他的情妇和侄子。他们用体面的崇敬仪式对待既定宗教的教义和仪式。但是，尽管他们仍然自称是天主教徒，但他们已不再是天主教徒。那些把恐怖带入宫殿和最值得骄傲的统治者阵营的精神武器在梵蒂冈附近只能激起轻蔑。当亚历山大吩咐我们的亨利二世在叛逆者的陵墓前屈服于鞭挞，他自己也被放逐。罗马人担心他设计反对他们的自由，把他驱逐出他们的城市，虽然他郑重承诺未来要把自己限制在其精神范围内，他们仍然拒绝接纳他。

在欧洲的其他地区，一个强大的特权阶级践踏人民，无视政府。但是，在意大利最繁华的地区，封建贵族被减少到微不足道。在某些地区，他们在他们无法反对的强大的国家的保护下，逐渐沦为市民大众。在其他地方，他们拥有巨大的影响，完全不同于任何阿尔卑斯山地带君主贵族所受官方影响的那种影响。他们不是小君主，而是杰出的公民。他们不是在山区巩固要塞，而是在市场上装饰他们的宫殿。那不勒斯的领地、教会国家的一些地区的社会状态，更接近于欧洲大的君主国家。但伦巴第和托斯卡纳政府，通过所有的革命，保存不同的性格。当一个民族在一个城市聚集，就比分散在一个广阔的农村，对它的统治者来说就更加强大。凯撒专制发现有必要不惜牺牲各省份利益去养活和转移他们笨拙的首都居民。马德里的市民已经不止一次把国王包围在自己的宫殿里，从他那儿勒索到最耻辱的让步。苏丹经常被迫用一个受欢迎的维西尔的头安抚君士坦丁堡愤怒的暴民。出于同样的原因，意大利北部的王权和贵族还有几分民主。

因此，自由，实际上是部分和短暂地重返意大利了。伴随自由而来的是商业和帝国，科学和品味，生活的所有舒适和所有装饰品。十字军东征，给不断发展的亚得里亚海和伊特鲁里亚沿海城邦带来巨大财富、领土和知识的增加，其他国家的居民从中得到的只有废墟和创伤。这些城邦的精神和地理位置使他们同样利用西方的野蛮和东方的文明获利。意大利的船舶覆盖每一片海洋，意大利的工厂在每个海岸建起，意大利钱庄货币兑换台在每个城市设立，制造业蓬勃发展，银行成立，有用的和美丽的发明促进了商业机器的操作。我们有理由怀疑是否其他欧洲国家，目前已经达到如此高的财富和文明点，就像400年前意大利的一些地区已经达到的那种状况。历史学家们很少会屈尊来收集这一社区的房地产的一些细节。因此，后人也往往被诗人和演说家模糊的夸张欺骗，他们会把法庭的辉煌误解为民族的幸福。幸运的是，约翰·维拉尼给我们树立一个很好的榜样，并精确描述了14世纪早期佛罗伦萨的状态。共和国的收入达30万弗罗林，考虑到贵金属的折旧，一笔至少相当于60万英镑的金额——比两个世纪以前的英国和爱尔兰还多的一大笔钱，每年收益都给伊丽莎白女王。单单羊毛的生产就要使用200个工厂，雇佣三万个工人。每年生产的布匹平均销售为120万弗罗林——交换价值完全等同于我们的250万英镑。每年制造硬币40万弗罗林。80家银行进行商业运作，不仅仅是佛罗伦萨，而是整个欧洲。这些场所的交易程度之大可能会令人惊讶，有时甚至令巴林和罗斯柴尔德家族的同时代人也会吃惊。两座房子预付给爱德华三世

30万以上的马克，那个时期马克比现在的50先令含有更多的银，银的价值比现在多四倍。城市及其郊区居民共有17万人。大约有一万名儿童在不同的学校就读，1200人学数学，600人接受博学的教育。

高雅的文学和艺术的进步与公共的繁荣是成正比的。在奥古斯专制的接班人的统治下，所有的智力领域都已经变成干涸的荒原，但仍然有正式的界限，仍然保留了古老耕作的痕迹，但不再开花结果。野蛮的洪水来了，它冲走所有的地标，它抹杀一切从前耕作的迹象，但是，它在破坏的同时也在施肥。当洪水退去，荒野成为上帝的花园，到处一片欢欣，欢笑、鼓掌的声响喷涌而出，一派自然富足的景象，一切辉煌灿烂、芳香怡人、营养富足。一种新的语言，具有简单的甜度和简单的能量的特点，达到了完美。没有语言给诗歌提供更华丽和生动的色彩，不久懂得如何运用他们的诗人就会出现。在14世纪初出现《神曲》，是自荷马的诗歌出现以来的超越想象的伟大作品。之后的确没有产生第二个但丁，他与大众智力活动相比非常杰出。拉丁语作家的研究在意大利从未完全被忽视，但彼特拉克被引入了一个更深刻、自由、优雅的境地，对文学、历史和罗马文物的热情使他与其同胞交流，这点将他自己的心分给一个冷漠的情妇和更冷漠的缪斯，薄伽丘把他们的注意力转向了希腊更崇高和优雅的典范。

从这时起，对学习和天才的崇拜几乎成了意大利人民崇拜的一个偶像。国王和共和国、红衣主教和公爵，争先恐后地尊重和奉承彼特拉克。竞争国家的大使馆恳求其教诲的荣誉。他的加冕使那不勒斯法院和罗马人民不安，如同最重要的政治事务一样。收集书籍和古董，设立教授职位，资助搞学问的人，几乎成为伟大人物中普遍的时尚。文学研究的精神本身与商业联盟。佛罗伦萨的商人王子把他们巨大的交通延伸到各地，从底格里斯河的小商品市场到克莱德修道院，这些地方因奖牌和手稿而被洗劫。建筑、绘画和雕塑得到优厚的鼓励。事实上，在我们谈论的这一时期，很难命名一位杰出的意大利人。无论它具有什么样的品质，那人至少没有影响对文学和艺术的热爱。

知识与公共的繁荣并驾齐驱。在伟大的洛伦佐时代，双方都达到了全盛。我们不能限制引用托斯卡·纳修昔底德斯描述那一时期意大利国家的辉煌篇章。"这个国家享受着极大的和平与安宁。她的人民有的生活在最为贫瘠的山区，有的居住在平原和最富饶的地方。她不受任何其他国家统治，大量的居民与财富遍布于此。许多穿着华丽的王公子弟们，以及那些美丽而闻名的城市所带来的光辉，还有那些宗教的圣地与它们所带来的威严淋漓尽致地装点着整个国家。同时，这个国家拥有着大量的人才：擅长政府公共事务管理的人，在所有的科学与思想领域都有所建树的人，还有那些在每一个艺术领域中勤劳工作，成绩卓著的人。"[1] 当我们研读这公正和精彩的描述时，我们几乎无法说服自己我们在阅读一个时代，在这个时代英格兰和法国编年史呈现给我们的贫穷、野蛮和无知的可怕景象。从文盲大师的压迫到退化农民的苦难，求助于意大利的富裕和开明的国家，求助于广阔和壮丽的城市、港口、兵工厂、别墅、博物馆、图书馆，充满舒适和豪华商品的贸易场所，挤满了工匠的工厂，一直到山顶覆盖着丰富作物的亚平宁山脉，沿着波河漂流，看到伦巴第粮食丰收到威尼斯的粮仓，把孟加拉的丝绸和西伯利亚的毛皮带回米兰的宫殿，那是多么地令人愉快。以特有的乐趣，每个有教养的心灵必须安息在公平、快乐、光荣的

---

[1] "享受最大的和平与安宁，就像在平原和最富饶的地区种植一样，在最多山和最贫瘠的地方种植，不受任何其他主权高于自己的人的支配，它不仅有居民和财富，而且也被许多首领的辉煌、许多著名而美丽的城市的辉煌、宗教的住所和威严高度装饰，富于擅长公共事务的管理的人，在所有的学科和每一个崇高而有用艺术上最杰出的思想。"——奎恰尔迪尼的《意大利的历史》第一册，蒙塔古译。

佛罗伦萨，洋溢着普尔西的欢笑的大厅，波利齐亚诺半夜的灯光闪烁的墓穴，米开朗琪罗年轻的眼睛闪烁着一个类似灵感的狂热的雕像，洛伦佐沉思时为伊特鲁利亚处女的五月节舞会吟唱一些闪闪发光的歌曲的花园。唉，这个美丽的城市！唉，机智和学习，天才和爱情！

> "在贵妇与骑士，忙碌的人和年长的人之间，
>
> 他们表面上相亲相爱，以礼相待，
>
> 但私底下却暗藏心机。"

一个时代即将来临，在那些愉快的国家所有启示录都被倒出来，抖出来——一个屠宰、饥荒、贫穷、耻辱、奴役、绝望的时代。

在意大利诸城邦，正像许多自然的规律，不合时宜的衰老是一种对早熟的处罚。他们早期的伟大和之后的衰落，主要是由于同样的原因——城镇在政治制度中获得的优势。

在一个猎人或牧羊人的社区，每个人都很容易并一定会成为一个战士。他平时的爱好与所有军事服务的义务完美兼容。无论多远，他一定要出征，他发现随身运输能够生存的库存物品是很容易的。军队的全体官兵，需要全年行军，这就是促进阿提拉和帖木儿进行征服的社会状况。

但一个靠耕种土地维持生活的民族处于一个非常不同的情况。农夫被束缚到他劳作的土地上，长期的战役让他损失惨重。但他仍然那样执着地追求，他也会服兵役。至少在农业社会初期，他们没有要求不断的关注。在一年中的某些特殊时候他几乎完全闲置，不会伤害到自己，他就能负担得起短途远征所需的时间。

因此，在较早的战争期间，就去供养罗马军队了。大地不需要耕种的时节，足以成为很短时的侵袭和战斗的地方。这些活动，过于频繁地中断

进而产生决定性的结果，还有助于在人们中保持一定程度的纪律和使他们拥有不仅安全而且强大的勇气。中世纪的弓箭手和记账员，按四十天的要求规定，离开土地前往战场的阵营，都是同一类的部队。

但当商业和制造业开始蓬勃发展后，发生了巨大的变化。久坐桌前和织机的习惯让位于难以忍受的战争的费力与艰辛。渲染商人和工匠的企业需要他们的持续存在和关注。在这样的一个社会几乎没有多余的时间，但是通常会有许多多余的金钱。因此，一些社会成员被雇用来从事与他们的习惯和约定不一致的任务。

在这点上，希腊的历史在其他许多方面，对意大利历史给予了最好的评论。基督教时代前500年，爱琴海周围的共和国公民形成了也许是史上最好的民兵。随着财富的积累和完善，体系经历了一个逐渐的变化。爱奥尼亚是第一个培养商业和艺术，第一个古代学科衰落的国家。高原战争之后的80年内，在战斗和围困中到处都是雇佣兵。在德摩斯梯尼的时期，几乎不可能说服或迫使雅典人到海外服务。莱克格斯的法律禁止贸易和制造。因此，斯巴达人在他们的邻国开始雇佣士兵之后继续形成一个国家的军队，但他们的军事精神与单一机构一同衰落。在公元前二世纪，希腊只是一个拥有勇士、埃托利亚野蛮人的国家，他们在文明和智慧中落后于同胞几代人。

所有在希腊人中产生这些效果的原因对现代的意大利人有更强烈的作用。在其好战的本性中，不像斯巴达；在他们天性平和的本性中，他们有一个教会国家。那里有许多奴隶，每个自由人被最强烈的动机诱导去熟悉使用武器。像希腊的城邦一样，意大利的共和国没有挤满成千上万的家庭敌人。最后，在意大利的繁荣时代，进行军事行动的模式对形成有效的民兵有特别不利的影响。从头到脚身披盔甲，手持笨重的枪支，骑着高头大马的男人，被认为是构成军队的力量。被视为相对无用的、被忽视的步兵直至成为了真正的步兵。在欧洲的大部分地区这些策略保持长达几个世纪。那些步兵完全不可能承受重骑兵的负荷。直到 15 世纪末，粗鲁的瑞士山民解除了咒语，通过接受对坚不可摧的长矛森林的可怕冲击，震惊了最有经验的将领。

人们可以比较容易得到希腊矛、罗马剑，或者现代刺刀去使用，但是由于多年缺乏日常锻炼，不能训练军人去支撑其笨重的盔甲，管理其笨拙的武器。整个欧洲，这个最重要的战争分支成为一个独立的行业。阿尔卑斯山以外，事实上，虽然是一个行业，但它不是一般的贸易。它是乡绅这一大阶层的责任和娱乐。这是他们持有土地的服务，在精神资源缺乏时，他们以消磨时光来消遣。但在意大利北部的国家，正如我们已经说过的，那里它并没有消灭人的这种秩序，不断增长的城市力量已经完全改变了他们的习惯。因此在这里，在其他国家几乎不懂这些的时候，雇用雇佣军已经很普遍了。

当战争成为一个单独的阶层，对政府来说最不危险的过程就是把那一阶层形成一个常备军。在为一个国家的服务中人们度过他们的一生。如果在这种伟大中感觉不到兴趣，这几乎是不可能的。国家的胜利就是他们的胜利，国家的失败就是他们的失败，契约失去了商业性的东西。士兵的服务被认为是爱国热情的影响，他的报酬是全国民众的贡品。背叛雇用他的权力，甚至在服务国家中失职，在他看来是最恶劣的、最丢脸的犯罪。

当意大利君主和联邦开始使用雇佣军队，他们最聪明的做法是形成独立的军事设施。不幸的是他们没有这样做。半岛的佣兵战士，不附属于不同的服务，而是被看作是所拥有的共同财产。国家和保护者之间的连接被降低到最简单、缺乏保护的贸易。探险家把他的马，他的武器，他的力量，他的经验，带入市场。无论是那不勒斯的国王，还是米兰的公爵，无论是教皇，还是佛罗伦萨的领地，一旦达成交易，对他都是一种完美的冷漠。他有最高的工资，服役最长的期限。一旦他签订契约的战役结束，既没有法律也没有细节阻止他立刻反戈反对他的已故主子，士兵完全脱离了公民和统治。

遵循自然的结果。留下来的人是既不喜欢他们保护的人，也不憎恨他们反对的人。他们不是与他们所服役的军队关系紧密，而通常与他们反抗的军队有更紧密的关系。通过冲突的终止他们失去了一些，但战争的延长又获得了一些，战争完全改变了其性质。每个人来到战场烙下这样的常识：几天后，他可能拿着他被雇佣去反对的那人的薪水，站在敌人那一边战斗，反对他的同僚。最强的利益和最强烈的感情同时发生，以减轻那些曾经并肩作战的弟兄，不久可能再次成为并肩作战兄弟的敌意。即使他们在相互斗争的一方服役，他们共同的事业是一条不可忘记的紧密结合的纽带。因此，没有任何历史记载，慵懒和优柔寡断的操作，游行和倒退，掠夺远征和封锁，不流血的法案和同样不流血的斗争，构成了近两个世纪的意大利军事历史。从日出到日落强大的军队日夜奋战，赢得一次伟大的胜利。数以千计的囚犯被俘，几乎无一人丧生。一场激战似乎真的并不比一个普通公民骚乱危险。

现在不再需要勇气，甚至对于军事而言也是如此。在难民营里人们老去，因战功获得了最高的声望，不再被要求去面临严重的危险。政治上的结果也是众所周知的。世界上最富有的人和最开明的一部分人对于野蛮入侵者，对于瑞士的暴行，法国的傲慢，阿拉贡的激烈贪婪是不设防的，随后这一情况的道德影响更显著。

阿尔卑斯山以外粗鲁的国家中，勇气是必不可少的。没有勇气谁都不可能是杰出的，几乎不会是安全的。因此，怯懦自然是最邪恶的责备。在依商致富，依法治国，热情重视文学的处世圆滑的意大利人中，智力优势创造一切。他们的战争，比他们的邻里关系更平和，比军事资格更需要民事。因此，骁勇善战是其他国家事关名誉之大事，而足智多谋成为意大利事关名誉之大事。

时尚道德的两个对立体系经过严格类比，演绎推论出这些准则。在欧洲的大部分地区，软弱胆小、欺诈虚伪的自然防御等恶习一直是最声名狼藉的。相反，过分的傲慢和大胆的精神一直待之以宽容甚至尊重。意大利人用相应的宽大处理对待那些需要自我控制、殷勤、快速观察、丰富的发明，以及对人性的深刻认识的罪行。

这样，我们的亨利五世会被当作北方的偶像。他年轻时的愚蠢，成年时自私野心，文火上的罗拉德派，战场上被屠杀的囚犯，即将作为下一个世纪而续约的神职人员，强加到对战争没有兴趣的人民头上的一个无条件和绝望的战争的可怕传统——除了阿金库尔战役的胜利，一切都被忘记。另外，弗兰西斯·斯福尔扎是意大利英雄的楷模。他使他的雇主和竞争对手成为他的工具。在不忠实的盟友的帮助下，他第一次击败他的敌人，然后他用从他的敌人那儿获得的战利品武装自己，反对他的盟友。通过他的无与伦比的灵活性，他从一个军事冒险家岌岌可危的、依赖于人的情况下提升了自己，并登上了意大利第一宝座。对于这样的人，大多是可以原谅的——虚伪的友谊，吝啬的敌意，违背的信仰。这是男人犯的相反的错误，当他们放弃与偶然关联的永恒原则，他们的道德不是一门科学，而是一种审美。

我们用历史实例来说明我们的意图。我们将选择小说中的另一个例子。奥瑟罗谋杀了他的妻子——他下达命令让副官杀了他的妻子，结果他自己自杀了。然而他从未失去北方读者的尊重和感情。他的无畏和热情的精神救赎一切，他听信他的劝告者不怀疑的信心，他在羞耻的思想中畏缩的痛苦，他犯罪时激情的暴风雨，以及他发誓时傲慢的无畏，都对他的性格增加了一个异乎寻常的兴趣。

相反，伊阿古是被普遍厌恶的人物。很多人倾向于认为，莎士比亚被迷惑对他进行不寻常的夸张，并描绘出了一个在人性中没有原型的怪物。现在，我们怀疑，15世纪的意大利观众的感觉会有很大的不同。奥赛罗只会激起厌恶和蔑视，他相信一个人的晋升受阻的友好职业的蠢笨，他不支持轻信断言，一般的情况下无可辩驳的证据，他使辩解沉默直到辩解只能加重他痛苦的暴力，都会激发观众的憎恨和厌恶。他们一定会谴责伊阿古的行为，但是他们也会像我们谴责他的受害者那样谴责他。利益和尊重的东西会掺杂他们非难，叛徒的智慧有所准备，他判断清晰，洞察他人性格而隐藏自己的技巧，确保了他们对他的几分尊敬。

意大利和他们的邻国之间的差异是如此巨大。类似的差异也存在于公元前二世纪的希腊人和他们的统治者——罗马人之间。勇敢和坚定的征服者，忠于自己的承诺，并强烈地受宗教情感的影响，同时，又是无知、任意和残忍的。西方世界所有的艺术、科学和文学都被战败者保存着。在诗歌、哲学、绘画、建筑、雕塑方面，他们没有竞争对手。他们的举止优雅，他们的看法敏锐，他们的发明即时，他们宽容、和蔼可亲、充满人性，但是他们几乎完全缺乏勇气和诚意。每一个粗鲁的军官都以智力低下安慰自己，评论说知识和审美似乎只能使人成为无神论者、懦夫和奴隶。对于尤维纳利斯激烈的讽刺来说，这种区分长久以来一直是很明显的、被设置的、令人钦佩的对象。

一个意大利城邦的公民是尤维纳利斯时期和佩里克莱时期结合在一起的希腊人。就像前者，他害羞而温顺，狡猾而吝啬。但是，像后者一样，他有一个国家。它的独立和繁荣对他来说是珍贵的。如果他的性格因卑鄙的犯罪而被贬低，另一方面，他因公共精神和高尚的志向而变得崇高。

被舆论普遍认可的恶习终究是恶习，邪恶终究是邪恶。遭到舆论谴责的恶习对整个性格产生有害的影响。前者是当地的一个弊病，后者是宪法的一个污点。当罪犯的声誉受损，在绝望中，他也经常抛弃自己所剩的美德。一个世纪前，靠敲诈邻居而生活的高地绅士犯了同样的罪，因20万人的欢呼怀尔德陪伴着泰伯恩。但毫无疑问，他是一个比怀尔德更堕落的人。

因此当与公众交涉一百对角斗士的罗马人的行为相比，布朗里格太太被绞死的行为显得微不足道。然而如果我们认为他的性格与布朗里格太太一样残忍，我们应该是冤枉了这个罗马人。在我们自己的国家，一个女人放弃她在社会中的地位，在一个男人看来，也普遍认为是一个荣誉称号，最坏的也是一个微不足道的缺点，结果却臭名昭著。一个女人的道德原则常常与有20年阴谋的男人相比，更因一个美德的疏忽而受损。如果可能的话，古典时代为我们提供了比那些我们已经提到的更强的实例。

我们必须将这一原则应用到我们面前的实例中。毫无疑问，虚伪和欺骗的习惯标志着我们时代和国家的人完全是无用的和被遗弃的，但这决不意味着，一个类似的判断就是中世纪意大利的案例。相反，我们常常发现，我们习惯于认为完全堕落的人的某些迹象的那些错误，往往伴着伟大和良好的素质，慷慨、仁慈和无私。从这样一种社会状态，在休姆的令人钦佩的对话中，帕拉迪斯可以得出他的理论论述，与弗利提供给他的那些论述一样引人注目。我们也知道，这些都不是历史学家通常最认真教授的课，或者读者最愿意学习的，但他们并不因此无效。菲利普如何在凯洛尼亚处置他的部队，汉尼拔在哪越过阿尔卑斯山，玛丽是否引爆了达恩利，或者西奎耶枪杀查尔斯十二。同样描述其他上千个问题，本身都是不重要的。追究会逗我们开心，但决定使我们不明智。只有他正确地阅读历史，观察情况如何有利地影响人们的感受和意见，恶习多久逐渐变成美德，矛盾转化成公理，学会分辨什么是人性中的偶然和短暂，什么是必要的和不可改变的。

在这方面，历史表明没有比托斯卡纳和伦巴第联邦更重要的思考。乍一看，意大利政治家的性格似乎是矛盾的集合，像弥尔顿的地狱中的女门房那样可怕的幻影，半神半蛇，上面雄伟而美丽，下面有毒并卑躬屈膝。我们看到一个思想和文字之间没有联系的人，他在宣誓时决不犹豫；当他想背叛时从不找借口。他的残忍之泉，不是来自血的热度，或者是无法控制力量的精神错乱，而是源于深层和冷静的沉思。他的激情，就像训练有素的部队，因规则而浮躁，在其最顽固的愤怒中，从不会忘记他们已经习惯了的纪律。他的整个灵魂充满了庞大而复杂的野心与阴谋，然而他的语言只表现出哲学的中庸。仇恨和报复腐蚀他的心灵，但每个面容都是一个亲切的微笑，每一个手势都是一个熟悉的爱抚。他从不因小小的挑衅而激起其对手的怀疑，只有当其目的完成了，才公开。他的脸是平静的，他的演讲是很有礼貌的，直到警惕地睡着了，直到一个关键点被暴露，直到一个确定的目标被确定。于是他第一次也是最后一次采取罢工。军人的勇气，酗酒的德国人，轻浮和饶舌的法国人，浪漫和高傲的西班牙人的夸耀，他既不占有也不评价。他躲避危险，不是因为他没感到羞愧，而是因为，在他所生活的社会，胆怯已不再是可耻的。他估计公开的伤害就像秘密的伤害一样是邪恶的，利益明显减少。对于他，最诚实的方式是最可靠、最快速、最黑暗的。他不能理解一个人应该如何欺骗那些他不顾忌去破坏的人。公开宣布对他可能会在一个亲切的拥抱时插刀的竞争对手的敌意，或者在一个神圣的晶片里下毒药，他认为都是很疯狂的。

但这个男人，因我们认为有最可恶的罪行：叛徒、伪君子、胆小鬼、刺客，绝不是因为缺少那些我们一般认为表示高尚性格的这些美德。在公民的勇气、毅力、心灵的存在上，那些在战斗中，或是造反中的野蛮战士都是他的臣民。即使他十分小心地避免懦弱，也从不混淆他的感觉，从不使他的发明能力瘫痪，不能从他灵活的舌头和那神秘莫测的额头问出一个秘密。虽然他是个危险的敌人，一个更加危险的帮凶，他也可能是一个公正和仁慈的统治者。他的政策如此不公平，但在他的智慧中有程度非凡的公平。在生活中，他对真理漠不关心，但他是在投机的研究中，真心地献身于真理。肆意的虐待不是他的本性。相反，没有政治目标是危险的，他的性格是软弱的，仁慈的。神经的敏感性和他想象的活跃使他同情别人的感情，并在社会生活的礼貌和慈善机构中得到快乐。通过它所有的能力不断屈尊于可能似乎标记精神病的行动，他仍然因自然和道德而高尚；因每一个优雅且崇高的概念，而成为一个情感细腻的人。小小阴谋和虚伪的习惯可能使他不能有伟大的观点，但他的哲学研究扩大的影响抵消了缩小的趋势。他有智慧，口才好，会作诗，这是最大的乐趣。美术因他判断的严肃程度，以他的赞助人的慷慨而同样受益。那个时期一些意大利杰出人物的画像与这些描述完美和谐。宽大庄重的额头；粗而黑的眉毛，但不能皱眉；平静而完整凝视但又不表达任何东西的双眸；脸色发白，呈沉思状的面颊；形成女性娇媚状的双唇，同时又略带有男性决定标志。进取而又胆小的男人，觉察别人的目的，隐藏自己的目的并同样熟练的男人，必须是强大的敌人和不安全的盟友的男人；但是同时，他们的脾气温和而平静，拥有丰富而微妙的智力，能够使他们在积极或沉思的生活中都能杰出的那种智力，让他们既管理人类又指导人类。

每个时代、每个民族都有一定的特征性的恶习，它几乎普遍存在，几乎没有任何人顾忌地承认，甚至严格的道德家也有点责难。后代改变了他们的道德风尚，他们的帽子和他们的马车也很时尚。在他们的赞助下，产生一些其他类型的罪恶，并且想知道他们祖先的堕落，这并不是全部，子孙后代，永不厌倦地讴歌自己的正义和行为的最高上诉法院，在这种场合就像一般兵变后罗马独裁者一样行事。发现罪犯太多不能都受到惩罚，选取其中一些有风险的，承担犯罪的比那些逃脱更深入地牵涉其中的整个刑罚。我们不知道是否抽取是一个方便的军事执行模式，但是我们严正抗议这一原则引入到历史哲学。

在目前这种情况下，很多都落在马基雅维利身上，一位公共行为正直可敬的人，一位道德观念不同于其周围人的人，并且似乎虽不同但有更好的道德观念，他的唯一缺点是采用一些被普遍接受的准则，比任何其他作家更清楚地安排它们，更用力地表达它们。

我们希望，现在在某种程度上先澄清马基雅维利的个人性格，然后我们来考虑他的作品。作为一个诗人，不能赋予他很高的地位；但是喜剧更值得关注。

特别是《曼陀罗花》胜过哥尔多尼的最佳戏剧，仅次于莫里哀的最佳戏剧。这是一个男人的作品，如果他致力于戏剧，可能达到更高的地位，并产生一个永久的和有益于国家的审美效应。因此我们推断，这与那种追求卓越的程度不一样。有很多表现他更大才能的、仔细阅读有更大的乐趣的作品，我们应该从中得出截然不同的结论。毫无价值的书是无害的，艺术审美普遍下降的征兆经常发生，这不是畸形，而是错误的美。一般来说，悲剧被雄辩损坏，而喜剧被智慧损坏。

该剧真正的对象是人类性格的展示。设想这不是专制的经典，像那些规范戏剧幕数或台词每行音节数目的那些经典一样，起源于局部的和暂时的联想。对于这个基本规则，每个其他规则都是附属的，其中最显著地发展特征形成最佳的情节，激情的母语是最好的方式。

正确理解的话，这一原则不会阻止诗人进行优美的创作，在某些情况下某人可能更要表达自己的风格。因此，没有戏剧拒绝的风格，也没有偶尔不需要的风格。茂丘西奥的奇妙狂想曲，安东尼的精巧雄辩，莎士比亚把它们放在那里，都是自然而令人愉快的。但德莱顿会让茂丘西奥在夸张方面挑战提伯特，像他描述的麦布的战车一样新颖奇特。高乃依会用所有祭文中仔细斟酌的修辞，代表安东尼责骂哄骗克利奥帕特拉。

里丹那样深深伤害英国喜剧。这两人才华横溢和审美高雅。不幸的是，他们随心所欲来创造作品中的人物。他们的作品与合法的戏剧承担同样的关系，就像透明度与绘画相关。没有细致的手法，没有色彩潜移默化地渐变到对方：整个世界都被一种普遍的强光照亮了。轮廓与色彩被遗忘在照亮一切的普通火焰里。智力的鲜花和水果非常丰富，但它是丛林的丰裕，而花园是不健康和混乱的，非常丰富但无利可图，按其香味排序。每一个花花公子，每一个莽汉，每一个男仆，都是聪明人。这些欺骗、谣言、小聪明、吹嘘、土地，都比朗布依埃这个酒店出色。为了证明这一流派整个系统的错误，有必要应用溶解被施魔法的弗洛里麦尔这一测试，由假塔利亚恢复原样，对比我们提到的作家刻画的最著名的角色和《约翰王》中的巴斯塔，或者《罗密欧与朱丽叶》中的奶妈。并不是真正缺少智慧，莎士比亚才采取了不同的方式。培尼狄克和比阿特丽丝使米拉贝尔和米勒曼特[①]相形见绌。所有有关绝对和表面的幽默时光的名句都可能因福斯塔夫这一人物浓缩至一点也不会被错过。对于赋予巴道夫和沙洛那肥沃的心灵像哈尔王子一样的智慧，让道格百利和沃基用闪闪发光的警句反驳对方会是非常容易的，但他知道那是不分青红皂白的挥霍，用他自己的令人钦佩的语言，"从玩游戏的目的，其目的起初和现在，直至结束，可以说，就是对自然的镜像。"

这种偏离会使读者明白我们的意思：在《曼陀罗花》中，马基雅维利已经证明他完全理解戏剧艺术的本质，并拥有使他精通于戏剧艺术的才能。通过正确的和充满活力的人性描绘，没有高兴或巧妙的情节，它就能产生兴趣；没有智慧的最少的野心，也能制造笑声。情人，不是一个娇气

---

① 见康格里夫的《世界之路》。

或慷慨的情人，以及他的寄生虫顾问，都被用精神刻画出来。虚伪的忏悔者是一种令人钦佩的画像，如果我们没弄错，他是里多米尼克神父[①]的原形，是德莱顿最好的喜剧人物。但是老尼西阿斯是作品的荣耀，我们不能想到在意和他相似的一切。莫里哀嘲笑那些愚蠢是假装的愚蠢，不是那些愚昧的愚蠢。花花公子和学究，不是绝对的傻瓜，是他的游戏。莎士比亚确实创作了各种各样的傻瓜，但是如果我们没记错的话，我们所讲的精确物种还没找到。沙洛是一个傻瓜，但在某种程度上，他的动物精神弥补了聪明之处。他的谈话相对于约翰爵士就像苏打水相对于香槟，它有气泡，虽然没有身体或味道。斯兰德和安得烈·奥盖奇科是傻瓜，因意识到自己的愚蠢而烦恼不安，其中，在后者中，产生温柔、顺从；并在前者中，产生尴尬、固执和混乱。克洛滕是一个傲慢的傻瓜，奥斯里克是一个浮华的傻瓜，阿贾克斯是一个野蛮的傻瓜。

但是，正像瑟赛蒂兹提到的普特洛克勒斯，尼西阿斯是一个正面的傻瓜。他的心灵没有强烈的感觉，它需要每一个字符，但一个都没记住，其方面是多元化的，不是因激情，而是因激情的微弱和短暂的类似，一种假装的快乐，一个害怕的样子，一个模拟的爱，一种模拟的骄傲，他们像在其表面上的阴影互相追逐对方，一旦出现便又立即消失。他只是够白痴的一个对象，不怜悯或恐惧，但有嘲笑。他和可怜的卡兰德里诺有相似之处。正像薄伽丘所述，灾祸已经使整个欧洲快乐四个多世纪。他也许更类似于西蒙·德·维拉、布鲁诺和布法马可曾向他许诺得到西维莱里伯爵夫人的爱。像西蒙一样，尼西阿斯是学者，他穿着博士毛皮的尊严使他的荒谬更加怪诞。老托斯卡纳语是这样一类人的语言。其特有的简单甚至给予最有力的推理和最才华横溢的智慧、孩子般通常具有的愉快，但是对外国

---

① 见德莱顿的《西班牙男修道士》。

读者有时有点可笑。英雄和政治家使用它时似乎发音不清。它无可比拟地成为尼西阿斯，并使他所有的愚蠢显得无比愚蠢。

我们可能会补充说，《曼陀罗花》被穿插进来的诗句在我们看来是最活泼的，是所有马基雅维利所写的韵律中最正确的。他似乎持有相同的意见，在其他一些地方他也介绍了一些。作者同时代的人并不是无视这个惊人之作的优点。它是在佛罗伦萨上演，并取得巨大的成功。《利奥十世》也拥有一批仰慕者，根据他的次序，是在罗马上演的。①

《克莉齐娅》是普劳图斯对《卡西纳》的模仿，其本身就是对蚩留斯②失去的"希腊"的模仿。毫无疑问，普劳图斯是最好的拉丁作家之一，但《卡西纳》绝不是他最好的戏剧，也不是给模仿者提供极大便利的戏剧。这个故事不同于现代生活习惯，就像不同于现代写作方式一样的发展。整个戏剧发展中，情人都待在乡下，女主人公待在她的闺房。他们的命运是由愚蠢的父亲、狡猾的母亲，以及两个无赖的仆人来决定的。马基雅维利用判断和审美来完成他的任务。他使情节适应于不同的社会状态，巧妙地把他与自己所处时代的历史联系起来，放在溺爱的旧情人身上，这一招的关系异常的幽默。在拉丁喜剧中它远远优于相应的篇章，绝不亚于福斯塔夫回避的那段描述。

其他没有标题的两个喜剧，一个是散文体，一个是诗歌体，出现在马基雅维利的作品中。前者短小生动，但没什么价值。我们几乎不敢相信后者是真的，无论其优点还是缺点都提醒我们注意其著名的作者。1796年第一次印刷，手稿是在斯特罗齐著名的图书馆发现的。如果我们的信息可

---

① 没有什么能比保卢斯乔维以"尼西亚斯"的名义命名《曼陀罗花》更明显了。我们不应该看到的是如此完美且显而易见的事物，如果不是，这自然而明显的名不副实将导致睿智而勤劳的培尔酿成一个严重错误。

② 希腊《新喜剧》的一个作者，遵循了阿里斯托芬的创作原则。

靠的话，它的真实性是用手建立起来的。我的怀疑因环境愈来愈强烈，同样的手稿包含了一个有关 1527 年鼠疫的描述。因此，这也补充到了马基雅维利的作品中。在最后的作品中，最强有力的外部证据几乎不会让我们相信他有罪。在内容和方式上，没有什么比这更令人厌恶的了。旁白、思考、玩笑、哀歌，都是各自类型中非常糟糕的，老生常谈，立刻就会受到影响，来自布展破旧的金属线和蒙茅斯街的文学作品[①] 陈腐的华而不实。一个愚蠢的小学生可能会写这样的文章，在他写作之后，认为比《十日谈》的开篇要好得多。一个精明的政治家早期作品以思想和语言为特点，应该在年近 60 岁时，屈尊到这样的地步，这是完全不可想象的。

《懒惰》这个小小说构想明快，讲述风趣，但在某种程度上其讽刺的使用影响了其效果。马基雅维利的婚姻是不幸的，他希望为自己的事业复仇；他的弟兄们的婚姻也是不幸的，支撑着他甚至超越了小说的许可范围。琼斯似乎已经从这个故事结合了薄伽丘的其他作品做出了一些暗示，在《魔鬼是头驴》的故事情节中，虽然不是他作品中最完整的，但也许是最有力的天才证明的一部剧。

马基雅维利的政治信件，首次出版于 1767 年，毫无疑问是真诚的，并且很有价值。在他的公共生活中大部分时间国家都处在不幸之中，这对他的外交天才给予了非凡的激励。从查尔斯八世从阿尔卑斯山下来的那一刻起，整个意大利的政坛发生了变化。半岛各国停止建立一个独立的系统。从它们的旧轨道上吸引了现在靠近他们的更大的天体，它们变成了法国和西班牙的卫星。它们所有的内外争端，都是由外国影响决定的。对立派系竞争进行着，不像以前在参议院或在市场上，而是在路易斯和费迪南的接待室。这种情况下，意大利诸国的繁荣更多地靠国外代理人的能力，

---

① 在伦敦的旧衣服市场。

而不是那些托付给国内管理的行为。大使不得不履行职责，而不是像以前那样发送爵士头衔、介绍游客，或者向他的同胞们表达敬意，以表达对他的敬意。他是一名律师，管理人员最关心的也是他的客户最关心的利益，他是一个穿着不可侵犯外衣的间谍。不是咨询，而是通过保留的态度和暖昧的风格，它代表那些人的尊严，他跳进他居住的法院的所有阴谋，去发现和奉承每个君主，统治者最喜欢的马屁精，也是统治中的最常见的弱点。他要恭维他的情妇，贿赂忏悔者，颂扬或恳求，或哭或笑，让自己适应每一个反复无常，哄骗所有的怀疑，珍惜每一个提示，去观察一切，忍受一切。尽管在意大利政治阴谋的艺术很高，但这些需要它所有的时期。

在这些艰巨的差役中，马基雅维利经常被雇佣。他被派去与罗马国王和瓦伦提诺公爵交涉。他曾两次出使罗马宫廷，三次出使法国。在这些任务中，以及其他一些次要的任务中，他表现得非常聪明。他的派遣经历是现存最有意义的作品之一。叙述清晰，书写令人愉快，对人和事的评论聪明而明智。谈话内容以一种活泼而有特色的方式报道。我们发现自己被带到那些在这 20 多年来动摇欧洲命运的人面前。他们的才智和他们的愚蠢，他们的焦躁和他们的欢乐，都展现在我们面前。我们像是在偷听他们聊天，并看到他们熟悉的手势。在历史学家注意的情况下，人们很感兴趣，也很好奇地意识到，路易十二的微弱的暴力和肤浅的狡猾；马西米兰繁华的渺小，因无能的渴望名声鲁莽而胆怯，顽固而易变，总是匆匆忙忙，但又总是太迟；给尤利乌斯的怪癖赋予了尊严强烈而高傲的能量，掩盖贪得无厌的野心，以及凯撒·波吉亚不共戴天的仇恨，以及优雅的举止。

我们已经提到凯撒·波吉亚。不停下来说说这人的名字是不可能的，他的名字里意大利的政治道德是如此强烈的被人格化，部分融入了西班牙人的坚强性格。在两个重要的场合，马基雅维利曾经承认自己的社会——一次是，当凯撒辉煌的邪恶达到其最不同寻常的胜利那一刻，他陷入了一个圈套，并一下子镇压了他最强大的对手；另一次是，当因病精疲力竭，被所有的不幸压倒之时，他成了家里最致命的敌人的俘虏。伟大的时代最伟大的政治家和最伟大的投机家之间的会面在《通信》中充分地被描述，形成了其最有趣的部分。从《君主论》中的一些段落，也许也从一些模糊的传统中，几位作家都认为那些杰出人物之间存在的联系比以往更加紧密。这位特使甚至被指控说，这是一个狡猾而残忍的暴君所犯下的罪行。但是，从官方文件中可以看出，他们的交往虽然很友好，但却充满了敌意。这是不容置疑的：马基雅维利的想象产生强烈的印象，他对政府的猜测也通过观察被加以渲染，这是他对一个人的独特性格和同样的命运的观察，他在这样的劣势下，取得了这样的成就。当肉体的感官通过无数种形式变化时，他无法再刺激他的思想，在帝国和复仇的强烈渴望中找到了一种更强大更持久的刺激；从怠惰和罗马紫色的奢华中，他脱颖而出成为了那个时期罗马第一个君主和将军；经过不好战的职业培训，从不好战的人民的队伍中，他组成了一个英勇的军队；通过摧毁他的敌人获得主权后，他以破坏他的工具获得名望；出于最有益的目的，他开始使用最残酷的手段获得权力；在他的铁腕统治下，他是可以容忍的，没有掠夺者，也没有压迫者，只有他自己；他的天才曾是奇迹，他也许是拯救者，但最终倒在了这个民族的诅咒和遗憾。波吉亚的一些罪行，对我们来说是最令人厌恶的，出于已经考虑过的原因，我们已经不会在 15 世纪的意大利人身上看到了同样的恐怖。爱国之情也可能会诱使马基雅维利在记忆中为唯一一位能够为意大利的独立而对抗康布雷的南部邦联的领导人而感到放纵和遗憾。

在这个问题上，马基雅维利反应强烈。事实上，驱逐外国暴君，以及在查尔斯八世之前的那个黄金时代的恢复，都是在当时吸引了意大利所有的精神领袖。他曾为尤利乌斯的伟大而不受监管的思想感到高兴。他用手稿和碟子，画家和猎鹰来分散轻率的利奥的注意力；他促使门罗慷慨地叛逆了他；他赋予了最后的斯福尔扎微弱的身心以暂态能量；他使在佩斯卡拉虚假的心中激起一个诚实的野心片刻的兴奋，残忍和傲慢并不是国民性格的恶习。对于政客们的残酷无情，在选择受害者的伟大目标上，意大利人的道德准则太纵容了。但是，尽管他们可能会求助于野蛮作为一种权宜之计，但他们并不需要它作为兴奋剂。为了自己，他们厌恶那些嗜血的陌生人的暴行；他们不满足于征服，急于要毁灭；他们在夷平宏伟的城市中找到一种恶魔般的快感，切断了那些哭泣的敌人的喉咙；或者使已安全逃往到洞穴中的成千上万手无寸铁的人口窒息。这样的暴行每天都让人们感到恐惧和厌恶，直到最近，最糟糕的是，一个士兵在一场激战中因恐惧损失了他的马并且丢掉了他的赎金。瑞士的贪婪纵欲；西班牙的豺狼般的贪婪；法国的无法无天，违背了好客、体面、爱的行为。瑞士的猪脾气；西班牙的狼人贪婪；法国人的粗暴行为，对所有侵略者来说，都是一种普遍的肆意无道的行为，使他们对半岛的居民产生了致命的仇恨。 在几个世纪的繁荣和休养生息中积累的财富迅速消失。被压迫人民的智力优势只会使他们更加敏锐地意识到政治的堕落。文学和审美还用一阵忙乱的美丽和辉煌伪装一种不可救药的衰变和蹂躏。铁还没有进入灵魂。 当雄辩被禁言，理性上当受骗，当诗人的竖琴被挂在阿诺的柳树上，画家的右手忘记其狡猾时，这一时期还没到来。然而洞察力甚至可能看过，天才和学习不会长期生存的事物，他们便应运而生，这是在伟人忧郁时期还能一直快乐的影响下形成的，身后并没有留下任何继任者。文学史上与最伟大的辉煌一起闪耀的时代不总是那些最能让人感激的时代。我们可以通过比较他们之前的那一代人和他们之后的那一代人来确信这一点。在坏制度下收获的第一个果实往往是一个好的种子播种的。因此，在某种程度上，这就是奥古斯都时代，因此，这就是拉斐尔和阿里奥斯托的时代，奥尔德斯和维达的时代。

马基雅维利为自己国家的不幸而遗憾，并清楚地分析原因，找出补救措施。意大利人民的军队系统消灭了他们的英勇和纪律，让他们的财富成为每一个外国掠夺者的猎物。这位大臣计划了一个方案，他的真心和他的才智一样都是可敬的，一个类似于他的心和他的智慧的计划，目的要废除雇佣兵，并组织全国的民兵。

为实现这一伟大的目标所做的努力，他应该独自从谩骂中拯救他的名声。虽然他的情况和他的习惯是平静的，他不辞辛苦潜心研究战争理论，使自己成为所有细节的主人。佛罗伦萨政府接受他的观点，任命一个战争委员会，颁布法令开始征税。为了监督他的设计的执行情况，不知疲倦的大臣奔波各地。在某些方面，这个时代有利于实验。战术体系经历了一个伟大的变革。骑兵不再被视为形成军队的力量。一个公民虽不能充分熟悉一个重骑兵的操练，但他在日常工作中能抽出的时间可能会使他成为一个有用的步兵。惧怕外国统治，惧怕掠夺，大屠杀和火灾，也许可能克服对军事活动的抵触，这是大城市中工业和懒惰普遍产生的抵触情绪。有一段时间，该计划的前景很好。新的部队在战场上很好地履行了自己的职责。马基雅维利内心狂喜地观看着他计划的成功，并且开始希望，意大利的武器可能会再次让塔霍河和莱茵河的野蛮人敬畏，但不幸的潮流在应经受住的障碍准备好之前到来了。一时间，佛罗伦萨的确特别幸运。饥荒、刀剑和瘟疫毁灭波河两岸肥沃的平原和庄严的城市。所有指向了泰尔的诅咒谴责似乎都落在了威尼斯。商人远远站着，哀叹着他们伟大城市的衰落。沉默的里亚尔托岛长满了海苔，渔民在废弃的兵工厂里洗网，时间似乎要到了。那不勒斯已四次被同样对福利冷漠，同样对战利品贪婪的暴君征服和占领。然而，佛罗伦萨只有忍受堕落和勒索，向外国势力的命令屈服，以巨大的代价一次又一次地购买已经很公正地属于她自己的东西，因为被冤枉而又送还回去，并请原谅是正确的。她终于被剥夺了幸福，甚至被剥夺了这个臭名昭著的、卑躬屈膝的宁静，其军事机构和政治机构一起被清除了。美第奇返回了，接着就是从长期流亡归来的外国侵略者，马基雅维利的政策被遗弃，他的公共服务都回报以贫困、监禁和折磨。堕落的政治家仍然坚守着自己有增无减的计划的热情。为了维护它免于普遍的反对，反驳一些对军事科学的主题普遍的错误，他写了《论战争艺术》。这部优秀的作品是以对话的形式呈现。作者的观点是通过费比·诺科隆纳——基督教国家的一个强大的贵族，一名服务于西班牙国王的优秀军官的嘴说出。科隆纳访问佛罗伦萨的途中从伦巴第到自己的领地。他被邀请去在科西莫·卢塞莱的房子见一些朋友，科西莫是一位亲切而有成就的年轻人，他的早逝令马基雅维利深感悲痛。在参加了一个优雅的娱乐活动之后，他们从这热烈的地方退到花园里最阴暗的角落。法布里齐奥看到一些不常见的植物，被这景象所感动。科西莫说，尽管在现代生活中罕见，但经典作家在他们的作品中经常提到。而他的祖父，像许多其他意大利人一样，用古老的园艺方法自娱自乐。费比诺表示他感到遗憾的是，在后期，那些影响着古罗马生活方式的人，应该为模仿选择最琐碎的追求。这导致了有关军事学科衰退的谈话，并恢复它的最佳手段。佛罗伦萨的民兵制度巧妙地防守，建议在细节上有所改进。

当时，瑞士人和西班牙人被视为欧洲最好的士兵。瑞士军营有枪兵，同希腊方阵非常相似。像罗马士兵的西班牙人，身上武装着剑和盾。弗拉米尼和伊米尼乌斯对马其顿国王的胜利似乎证明军团使用的武器的优势。在拉文纳战斗中，最近已尝试相同的实验并有相同的结果。在其中的这些峥嵘岁月中，人类的愚蠢和邪恶压缩着饥荒或瘟疫的整个破坏。在那个难忘的冲突中，阿拉贡的步兵，贡萨尔沃的老伙伴，被他们的盟友抛弃，穿过厚厚的帝国长矛，开通出一条路；面对德富瓦宪兵和这个著名的埃斯特火炮，影响了一个完整的撤退。费比诺，或者说马基雅维利，提出结合两个系统，为了遏制骑兵，用长矛武装前线；在后方的那些人用剑武装，作为一个武器更好地适应每个其他的目的。整个作品，作者表达了对古罗马的军事科学的最高赞美，以及对前一代的意大利指挥官时兴的作战准则表示最大的蔑视。比起骑兵，他更喜欢步兵；比起防御城镇，他更喜欢防御营地。他倾向于用快速运动和决战来代替同胞们的慵懒和拖拉。他几乎不重视火药的发明。实际上，他似乎认为在武装部队和安置部队上，不应该产生任何变化或处理模式。历史学家一般见证，必须允许，似乎证明了那个时期拙劣的和服务差的炮兵部队，虽然在攻城上是有用的，但在战场上毫无价值。

对于马基雅维利的战术，我们不敢发表意见，但我们知道他的书是最有趣的。作为对他的时代历史的评论，这是无价的。其风格独出心裁，魅力十足，清晰明了，以及特殊段落的雄辩和生动，一定给对这类主题不感兴趣的读者以乐趣。

《君主论》和《论李维》写于共和党政府倒台之后。前者是献给年轻的洛伦佐·德·美第奇，这种情况似乎已经更厌烦呈现的作品名称会令人作呕的当代作家，它被认为是政治变节的象征。然而，事实上，马基雅维利似乎是对佛罗伦萨自由的绝望，倾向于支持可能保持自己的独立性的任何政府。民主和专制之间分离的间隔，当比较意大利以前和目前的状态之间的差异，在本地统治者统治下的安全、富裕、宁静和自从第一个阿尔卑斯山后裔的外国暴君执政的那致命的一年，苏德历妮和洛伦佐似乎消失了。用《君主论》的结论进行的高贵和可怜的讲道表明作家对这个问题有怎样的强烈感觉。

《君主论》追溯了一个野心勃勃的人的进步;《论李维》追溯了一个雄心勃勃的民族的进步。在以往的作品中，解释了一个人的高尚的同一原则被应用到后者中持续更长的时间和一个社会更复杂的利益。对于一个现代的政治家,《论李维》的形式可能会显得幼稚。事实上,李维不是一个依赖不明言的历史学家,甚至在很多例子中他必须具备相当的信息手段。马基雅维利把自己限制在第一个十年,并不享有比罗马入侵之前的英国国王统治更多的荣誉,但是评论家认为李维没有几篇是从拉丁文或《十日谈》中选取文本的,整体思路是原创的。

有关使得《君主论》不受欢迎的行为和在《论李维》中几乎是同样辨别的特殊的不道德行为,我们已经给出了我们的意见。我们曾试图表明,比起属于一个人来说,它更属于一个时代;它是一部分的污点,而不意味着一般的堕落。但是,我们不能否认,这是一个很大的缺陷,在其他方面,它大大削弱了这些作品必须提供每个聪明的头脑的乐趣。

事实上,比了解这些作品表明的结构更了解一个更加健康和强壮的身体,这是根本不可能的。活跃和沉思的政治家的素质似乎已经融入了作者的心灵达到了罕见和精美的和谐。他在具体的业务上的技能是以他的一般权力为代价获得的。它没有使他的头脑不全面,但它曾纠正他的猜测,并赋予他们生动的特点,其广泛地区别于大多数政治家、哲学家空泛的理论和实践。

每个看过这个的人都知道作为一般准则没有什么是无用的。如果它很有道德,非常真实,对于一个慈善学校的男孩它可能会成为一个复制品。像那些罗切福考尔德的作品,如果它是闪闪发光的、古怪的,它可能使一篇散文成为极好的座右铭。但是许多从希腊七圣时期到《可怜的李察》时期已经出版过的明智格言中,很少能阻止一个愚蠢行为。我们给予马基雅维利的感知以最高和最奇特的赞扬。当我们说,他们往往在规范行为中是真正有用的,不是因为他们的比从其他作家那挑选出来的更公正、更深刻,而是因为他们是可以更容易地应用于现实生活中的问题。

这些作品中有错误。但他们是像马基雅维利一样的作家所犯的几乎无法避免的错误。对于大多数的部分，他们产生于对于我们来说是遍及整个系统的单一的缺陷。在他的政治方案中，比起结果来，更多的是比较深入的考虑方法。社会和法律的存在只为增加个人幸福目的的伟大原则，没有足够清晰的认识。身体的好，不同于成员的好，有时不兼容的成员，似乎是他对自己提出的对象。所有的政治谬误中，这也许有最广泛和最有害的操作。希腊的小团体的社会状态，公民间的密切联系和相互依存，以及战争法的严重程度，在这种情况下，往往鼓励都不能称之为错误的意见。每一个人的利益是与国家的利益紧密结合的。入侵破坏了他的玉米田和葡萄园，把他逐出家园，迫使他遇上了军事生活的一切困难。一个和平条约使他恢复安全和舒适。胜利使他的奴隶数量增加了一倍。失败可能使他自己沦为奴隶。在伯罗奔尼撒战争中，伯里克利告诉雅典人，如果他们的国家胜利，他们的私人损失很快就会被修复。但是，如果他们的军队没有成功，他们之间的每一个人都可能会毁了。他说的都是事实。他对为被征服城市提供食品和衣物，提供豪华的浴室和娱乐剧院的人说，谈论因为他们国家的伟大而被授予军衔的人，在使不富裕社区的成员颤抖的人之前说，他对在公众的财富改变的情况下，至少会被剥夺了一切包括他们所享受的每一舒适和每一个区别的人说。对于那些在他们的城市废墟中被屠杀的人，在一个奴隶市场被囚禁的人，看到一个孩子被他们夺走在西西里岛的采石场挖矿，而另一个守卫波斯的后宫，这些是国家灾害频繁的和可能的后果。因此，在希腊，爱国主义成为一个指导原则，或者说是一个无法控制的激情。他们的立法者和他们的哲学家想当然地认为，在提供国家的力量和伟大上，他们为人们提供了足够的幸福。罗马帝国时的作家生活在一百个国家被消灭的暴君的统治下，其花园会覆盖弗里乌斯和普拉蒂亚的小联邦国家。然而他们还继续使用同一种语言，侈谈为他们什么都不欠的一个国家的责任而牺牲一切。

类似于导致影响了希腊人性格的那些原因，强烈地作用于意大利人缺乏活力和大胆的性格。意大利人同希腊人一样，是小社区的成员。每个人都对他所属的社会福利深感兴趣，是它的财富和贫困的参与者，对它的光荣和耻辱感兴趣。在马基雅维利时代这是特别的情况。公共事件对于公民个人产生了巨大的痛苦。北方入侵者使他们缺乏食物和床，放火烧他们的屋顶，让他们体会刀架脖子的耻辱。很自然，像这些人，生活在这样的时代的人要高估那些由国家提供强大邻国的措施的重要性，并且低估那些使它繁荣的本身。

在马基雅维利的政治论文中没有什么比他们所指的公平思想更显著。它出现在作者的错误之处，几乎如同他的正确所在那样强烈。他从来没有提出一个错误的意见，是因为它是新的或华丽的，因为他能用一个快乐的短语表达它，或者用一个巧妙的诡辩保卫它。他的错误是一次在参考他所处的情况下解释的，他们显然没有找到：他们按他的方式躺下，是不能避免的。这种错误必须在每个学科由早期的投机者来犯。

马基雅维利的政治著作从悲伤的热情中得到特殊的兴趣，每当他触及与家乡的灾难相关的话题时他都体现出热情。很难设想，任何情况下更多的痛苦，一个伟人的痛苦，被谴责看见了一个疲惫的国家挥之不去的痛苦，它往往在崩溃之前的阵阵惊愕和胡言乱语交替的过程中，看到生命力的症状一个接一个地消失，直到什么都没有留下，有的只是寒冷、黑暗和腐败。对此，马基雅维利称之为不快乐和不讨好的任务，用先知充满活力的话来说，"他因他的眼睛所看到的景象而疯了。"——议会的分裂，营地的柔弱，自由的衰减熄灭，商务的腐败，国家荣誉的玷污，一个开明的、繁荣的民族交给无知的野蛮人。

虽然他的意见没有逃脱政治无道德的歪风，这是在他的同胞中很常见的，但他生性似乎与其说顺从而狡猾，不如说相当严峻而冲动。当佛罗伦萨的痛苦和退化与他自己所持有的邪恶的愤怒都涌上他的心头，他的职业和民族的流畅技艺与轻蔑和愤怒的诚实的痛苦相交换。因为布鲁图斯的束棒，西皮奥的剑，象牙椅的重力，胜利牺牲的血腥的盛况，为他渴望的古罗马的力量与荣耀，他说话像一个灾难时期的病人和在他们中间抓到阉的可怜人。他似乎被运回到80万个意大利战士奋起反抗一个高卢入侵的谣言的日子。他感受那些无畏傲慢的参议员的所有精神，他们忘记了在公共责任的索赔中自然的亲密的关系，他们用鄙夷的眼光看着大象和皮拉斯的金子，镇静地听着坎尼巨大的潮汐声，就像一个古老的寺院因后期的野蛮的建筑而变形，他的性格从贬低它的情况下获得利益。原始比例因他们所提出的平均和不协调的补充对比而变得更惊人。

我们描述的感情的影响已经在他的作品中并不明显。他的热情，被禁止于为自己选择的职业，似乎已经在绝望的轻浮中找到了排气口。他在违反他所鄙视的社会意见中享受一种报复性的快感。

他不介意社会上高尚文雅行为的标准，这要指望在文学和政治界中的一个非常杰出的人所拥有的。他的谈话讽刺辛辣，令那些比他们自己的堕落更倾向于指责他的放荡的人厌恶，那些无法想象这些不幸者的笑话和智者的愚蠢掩盖住的情绪的力量。

马基雅维利的历史作品仍被持续关注。卡斯特鲁乔·卡斯特尼的生活会占用我们很短的时间，如果没有比它应得的关注引起更多公众关注的话，几乎没有什么值得我们注意。事实上，没有哪本书比一个谨慎和明智的描述更有趣，从这样的一位作家，卢卡高贵的君主，最著名的意大利酋长，他像庇西特拉图和沙穆，获得了感觉得到的力量而不是被看见的和静止的，不是关于法律或处方药，而是关于公众的青睐和他们伟大的个人素质。这样的作品会给我们呈现出那种主权的真实性，那么非凡、那么经常被误解。而希腊人称呼专制，并且通过封建制度在一定程度上被修改的主权，出现在伦巴第和托斯卡纳共和国。但马基雅维利这一小小的作品是没有历史意义的，它没有自称忠贞。这是小事，并不是一个很成功的小事。它似乎不比小说《贝尔芬格》更真实，它是比较乏味的。

这个杰出的人物最后的伟大的作品是他故乡的历史——《佛罗伦萨史》，它是在教皇命令下写成的，那位当时佛罗伦萨主权时期的美第奇家的大主教。然而，科西莫、皮耶罗、洛伦佐等人物追求自由和公正，同作家和赞助人一样受到尊敬。依赖的苦难和屈辱，比其他食品更苦的面包，比所有其他台阶更痛苦的楼梯，没有击垮马基雅维利的精神。在最腐败的行业中任职没有使克莱门特慷慨的心堕落。

历史似乎不是行业或研究成果，这毫无疑问是不准确的。但它优雅、活泼、风景如画，超出任何其他意大利语言所能表达的。我们相信，与更正确的描述相比，读者从历史那里获取的是对民族性格和风俗更生动、更忠实的印象。事实上，这本书与其说属于现代文学，不如说属于古代文学。在风格上，它不是达维拉和克拉伦登派，而是希罗多德和塔西佗派。经典的历史几乎可以称为基于事实的小说。毫无疑问，在其所有的要点中，关系是完全正确的，但提高兴趣、语言、手势、表情的许多小事件，显然是由作者的想象力修饰的。后世的时尚不同，作家给予了更精确的叙事。

是否可以传达给读者更精确的概念可能会受到质疑。最好的画像可能是那些有轻微混合的漫画，我们不确信，最好的历史就是那些明智地运用一点儿虚构叙事的夸张的历史。有些东西在准确中失去，但更多的东西在效果中获得。越是忽视微弱的话语，越能在人们心中永远留下伟大的特点。

历史随着洛伦佐·德·美第奇的死亡而终止。看来，马基雅维利有意要把他的叙述继续到后期。但洛伦佐的死亡使他的设计不能执行下去，记录意大利的荒凉和羞愧的忧郁任务移交给了圭恰迪尼。

马基雅维利活到了足以看到为佛罗伦萨自由而最后斗争的开始。他死后不久，终于建立了君主制，不是像科西莫曾在他的同胞的机构和感情上奠定了深厚基础的那个君主制，不像洛伦佐用每一学科、每一艺术的奖杯修饰的君主制，而是一个令人讨厌的专制，骄傲而残忍，残酷而软弱，顽固而淫荡。马基雅维利的性格对意大利的新主人来说是深恶痛绝的，他的那些严格按照自己的日常惯例进行的理论，也为他的记忆蒙上了一种托词。他的作品被有学问的人歪曲，被无知的人误解，被教会责难，因所有的模拟美德的积怨而被一个卑劣的政府和一个更卑劣的迷信祭司的工具所滥用。他的天才照亮所有政策黑暗的地方，被压迫人民把他们解放与复仇的最后机会归因于他的爱国智慧，这个人的名字进入了耻辱的谚语。200多年后，他的尸骨平凡地安放在那里。最后，一位英国贵族对这位佛罗伦萨伟大的政治家致以最后的敬意。圣克罗齐教堂竖立了纪念碑来纪念他，通过一个退化时代的腐败，被所有能辨别出一个伟大心灵美德的人怀着崇敬之情缅怀他，带着更深情的敬意接近他。当他奉献给公众的生活目标必定会实现时，当外国的羁绊必定被打破时，当普罗奇达第二必定为那不勒斯的冤屈复仇时，当一个更快乐的里恩齐必定恢复罗马的社会地位时，当佛罗伦萨和博洛尼亚的街道必将再次回响着他们古老的呐喊："人民！人民！暴君！去死吧！"①

---

① "人民！人民！暴君去死吧！"——马基雅维利的《佛罗伦萨史》第三卷。

图书在版编目（CIP）数据

英国古典名家随笔 ／ （美）查尔斯·艾略特主编；
刘旭彩译. -- 北京：中华工商联合出版社，2018.1

ISBN 978-7-5158-2163-4

Ⅰ.①英… Ⅱ.①查… ②刘… Ⅲ.①随笔—作品集
—英国—近代 Ⅳ.①I561.64

中国版本图书馆CIP数据核字（2017）第 314277 号

英国古典名家随笔

主　　编：	[美]查尔斯·艾略特（Charles W.Eliot）
译　　者：	刘旭彩
出 品 人：	李　梁
责任编辑：	林　立　崔红亮
封面设计：	冬　凡
责任审读：	魏鸿鸣
责任印制：	迈致红
出版发行：	中华工商联合出版社有限责任公司
印　　刷：	三河市华成印务有限公司
版　　次：	2018 年 8 月第 1 版
印　　次：	2022 年 6 月第 2 次印刷
开　　本：	710mm × 1020mm　1/16
字　　数：	153 千字
印　　张：	12
书　　号：	ISBN 978-7-5158-2163-4
定　　价：	38.00 元

服务热线：010 — 58301130 — 0（前台）
销售热线：010 — 58302977（网店部）
　　　　　010 — 58302166（门店部）
　　　　　010 — 58302837（馆配部、新媒体部）
　　　　　010 — 58302813（团购部）
地址邮编：北京市西城区西环广场 A 座
　　　　　19 — 20 层，100044
http://www.chgslcbs.cn
投稿热线：010 — 58302907（总编室）
投稿邮箱：1621239583@qq.com